Le garçon
qui n'existait plus

• Série *Éolia* *princesse de lumière* •

Celle qui voyage dans ses rêves
et résout les enquêtes les plus difficiles...

COLLECTION
PAPILLON

**Catalogage avant publication
de Bibliothèque et Archives Canada**

D'Anterny, Fredrick 1967-

      (Éolia ; 1)
      (Collection Papillon ; 122)
      Pour les jeunes de 9 à 12 ans.

      ISBN 978-2-89051-938-1

      I. Dallaire-Dupont, Christine. II. Titre III. Collection :
D'Anterny, Fredrick 1967-   . Éolia ; 1. IV. Collection
Papillon (Éditions Pierre Tisseyre) ; 122.

PS8557.A576G37 2006   jC843'.54   C2005-940345-4
PS9557.A576G37 2006

Le garçon qui n'existait plus

roman

Fredrick D'Anterny

ÉDITIONS Pierre TISSEYRE
www.tisseyre.ca

9300, boul. Henri-Bourassa Ouest, bureau 220
Saint-Laurent (Québec) H4S 1L5
Téléphone : 514-335-0777 – Télécopieur : 514-335-6723
Courriel : info@edtisseyre.ca

Pour Jacques (Jack) Laberge.

Fiche d'identité

* Je m'appelle Éolia de Massoret, et je suis princesse de Nénucie.

* J'ai dix ans.

* On dit de moi que je suis intelligente, enjouée, maligne, sensible, têtue, secrète.

* Je suis troisième dans l'ordre de succession au trône, derrière mon père et mon jeune frère.

* J'habite au palais royal de Massora : 1, boulevard de Nénucie, 01 100, Massora, royaume de Nénucie, Europe.

* On prétend aussi que je suis bizarre parce que je fais des rêves qui me révèlent des injustices commises dans le royaume.

* En plus d'aller à l'école et de tenir mon rang de princesse, je dois enquêter et résoudre plein de mystères dans le plus grand secret bien sûr, car les journalistes sont à l'affût du moindre scandale.

* Ma technique est simple : je trouve des indices dans mes rêves grâce à mes sept poupées magiques, puis je pars enquêter avec mon ami le colonel de la garde.

1

Des tableaux
qui rient

*Massora, capitale de la Nénucie,
aujourd'hui.*

En cette nuit du mercredi 19 avril,
si Éolia n'avait pas écouté Gressel, jamais
elle n'aurait rencontré le garçon qui allait
changer le cours de sa vie. De ses sept
poupées magiques, Gressel était la plus
sérieuse. Elle n'était donc vraiment pas
du genre à faire des plaisanteries.

Vers les trois heures, après s'être brièvement réveillée, la jeune princesse se retourna dans ses draps, colla son oreille contre la petite bouche en porcelaine de sa poupée, puis se rendormit. Depuis quelque temps, ses rêves commençaient toujours de la même façon. D'abord, sa poupée prenait vie. Elle ouvrait les yeux et commençait à lui parler.

Cette nuit-là, dans son rêve, Éolia se leva de son lit et s'approcha de la cheminée de sa chambre. Puis, attirée par la lumière qu'elle voyait briller dans l'âtre, elle se glissa à l'intérieur. Elle devint ensuite si légère qu'elle s'envola.

En sortant de la cheminée, elle se retrouva à sa grande surprise dans un tunnel obscur et humide qui exhalait une odeur d'égouts.

— Je n'aime pas cet endroit, déclara-t-elle à Gressel, qu'elle venait d'apercevoir.

— Chut! Nous ne sommes pas seules, murmura la poupée en tendant l'oreille.

En cet instant, Éolia était loin de penser à la composition de français qui l'attendait à l'école dans quelques heures. Elle sentit soudain son cœur battre très fort.

— Y a-t-il quelqu'un? demanda la fillette tremblante de froid dans sa chemise de nuit.

— On m'a dit de te conduire ici parce qu'il se passe des choses graves, lui souffla Gressel.

Qui avait bien pu demander une chose pareille à une poupée? Un bruit étouffé interrompit ses réflexions.

— Qui est là? s'écria de nouveau Éolia.

Gressel vint se loger dans le creux de ses bras.

— Es-tu la princesse de Nénucie?

La voix était celle d'un garçon. À sa respiration saccadée, on devinait qu'il venait de courir.

— Oui, je suis Éolia. Et toi, qui es-tu? Elle tendit sa main.

— Ne me touche pas!

Comme il semblait avoir très peur, elle n'insista pas.

— Écoute plutôt ce qu'il veut te dire, Lia! lui conseilla Gressel.

La fillette enviait ses poupées, car elles en savaient tellement plus que la plupart des gens!

— Je ne te toucherai pas, mais dis-moi ce que tu me veux. Je t'écoute,

répondit Éolia au garçon qu'elle ne dis-
tinguait toujours pas.

La princesse n'avait pas peur, car elle
savait qu'elle dormait, bien au chaud
dans son lit, au palais royal. Le garçon
devait rêver, lui aussi. Et il était sans
doute en train de faire un cauchemar.
C'est pour cela qu'il a peur, pensa-t-elle.

Un liquide s'écoulant goutte à goutte
résonnait dans le tunnel. Ce bruit était
agaçant, cette obscurité, étouffante.

Soudain, le garçon inconnu saisit le
poignet droit de la fillette et le serra très
fort.

— Je me suis enfui. Ils sont à ma
poursuite.

— Qui ça?

— Il faut que tu m'aides. On m'a dit
que tu es la seule à pouvoir le faire.

— Mais qui est à tes trousses?

Elle n'avait pas fini d'entendre ré-
sonner le son de sa propre voix que des
pas précipités firent trembler le sol du
tunnel.

— Tu entends? Ils arrivent...

La fillette perçut ces derniers mots,
puis un nom, plus faiblement.

Lorsqu'elle se réveilla dans son lit,
Éolia constata que Gressel la fixait de

ses yeux bleus en verre, comme pour lui répéter : «Je t'avais dit que c'était grave !»

La princesse alluma sa lampe de chevet. En rajustant ses couvertures, elle sentit une brûlure sur son poignet droit. Elle releva la manche de sa chemise de nuit et resta stupéfaite.

Sur sa peau apparaissaient des marques de doigts...

Posée à l'angle du grand escalier des ambassadeurs, la vieille pendule centenaire qui marquait le temps depuis l'époque de la reine Maude venait de sonner sept heures. La comtesse Edwige de la Férinière, qu'Éolia appelait irrespectueusement «Madame Étiquette», aimait beaucoup les odeurs de bois, de cire et de petits pains chauds qui montaient des cuisines, le matin, dans le palais encore endormi. Elle jeta un regard sévère à la jeune dame de compagnie qui traînait les pieds derrière elle.

— Dépêchez-vous, ma fille !

Éduquer un nouveau membre de la maison du roi était un défi passionnant pour une gouvernante royale. Enfin, c'est ce qu'elle avait répondu quand la princesse Sophie, la mère d'Éolia, lui avait confié la tâche de s'occuper de cette Jeanne – elle ne se souvenait plus de son nom de famille –, dont l'étourderie s'annonçait monumentale.

Le cérémonial de la cour était un ballet orchestré avec minutie. Comme elle aimait à le dire, la comtesse était fière d'être la petite aiguille de cette grande et belle mécanique qui réglait la vie des souverains, du lever au coucher. Elle connaissait par cœur les longs couloirs lambrissés. Chaque meuble, chaque tapis, chaque tableau avait son histoire. Et justement, en parlant de tableau…

— Que faites-vous ainsi plantée devant ce Gustave Courbet ?

— J'ai entendu rire, madame,

— Appelez-moi madame la comtesse, corrigea sèchement Madame Étiquette en haussant les sourcils. Ce tableau représente un enterrement. Les gens ont-ils envie de rire, selon vous, pendant des funérailles ? De quoi parlions-nous avant que vous ne m'interrompiez avec votre remarque ridicule ?

— De la princesse Éolia.

Madame Étiquette sentit que la jeune femme, sans doute par négligence, hésitait encore à s'adresser à elle en la nommant par son titre. Ce manque de respect à sa personne, ajouté au fait qu'elle avait une féroce envie de petits pains au beurre, lui donna des bouffées de chaleur.

— Ah oui! Ses appartements sont situés au bout de ce corridor, reprit la comtesse. Il faut que vous sachiez ceci avant de la rencontrer : la petite princesse n'est pas l'ange blond dont parlent les médias. Ce n'est pas une critique, je ne me le permettrais pas. Seulement voilà, c'est la vérité.

— Oui, madame la comtesse.

À la bonne heure, se dit Madame Étiquette. Elle passa un doigt sur une commode du XVIIIe siècle, fit la moue en voyant de la poussière sur son beau gant immaculé.

— Sous son joli minois se cache une âme rebelle, une manipulatrice dont il faut se méfier. Je la connais bien. Je l'ai vue naître !

Les petits pains ! songea Madame Étiquette en humant la bonne odeur qui s'était installée sous les lustres dorés.

— En entrant dans ses appartements, il faut garder la tête froide et ne rien faire qui soit contraire au règlement. Vous me comprenez, j'espère ?

N'obtenant aucune réponse, la gouvernante se retourna. Que faisait encore cette idiote, dix pas derrière elle, la bouche grande ouverte devant un tableau de Laurent Coderre ? Jeanne avait collé son oreille contre la toile. Comme son visage pâlissait à vue d'œil, Madame Étiquette craignit qu'elle ne s'évanouisse avant même d'avoir rencontré la princesse Éolia.

— J'ai encore entendu rire, madame la comtesse, chuchota la dame de compagnie.

— Puisque ce tableau représente un cheval au galop, j'imagine qu'il s'agissait plutôt d'un hennissement, précisa la vieille gouvernante.

— Non, madame, c'était un rire de fillette.

Outrée qu'on ose à ce point la contredire alors qu'elle s'efforçait de se montrer aimable, Madame Étiquette sentit ses vapeurs revenir.

— Vous rêvez, ma fille ! Fermez votre cœur à toute sensiblerie et venez me rejoindre.

Pendant que Jeanne pressait le pas, Madame Étiquette s'épongea le front avec un mouchoir en dentelles. Elle poursuivit :

— Je vais vous montrer, moi, comment il faut s'y prendre avec Son Altesse.

Elles entrèrent dans les appartements d'Éolia. La porte se referma. Quelques minutes plus tard, un grand cri s'éleva, suivi d'un chapelet de jurons. Rouge d'émotion, Jeanne ressortit des appartements de la princesse en soutenant la comtesse qui ne cessait de répéter que « cette petite chipie » faisait tout pour avoir sa peau. Puisque la gouvernante parlait de la ravissante, de la pure, de la si gentille petite princesse Éolia, Jeanne se demanda si ce palais n'était pas un véritable asile de fous...

Xavier Morano, colonel de la garde royale et homme de confiance du roi, décrocha le téléphone qui sonnait sur son bureau. Il écouta patiemment le rapport que lui fit son lieutenant, tout en se lissant la moustache.

— C'est épouvantable ! C'est une injure ! C'est un scandale ! répéta le colonel en imitant son interlocuteur à l'autre bout du fil. Je suis parfaitement d'accord avec vous, lieutenant !

Mais il souriait dans sa moustache, car les excentricités de la princesse Éolia, c'était connu, causaient des démangeaisons cutanées et une hausse de tension artérielle chez sa gouvernante.

— La comtesse a trouvé les appartements de la princesse vides. Elle est furieuse. Si vous la voyiez ! répondit le lieutenant.

— Oh, mais je me l'imagine très bien.

Il entrevit en pensée la grande et maigre Edwidge de la Férinière, son éternelle robe noire à collerette blanche, son visage en pointe, ses joues aussi ridées qu'une pomme trop mûre et ses yeux toujours aux aguets, comme ceux d'un chat qui surveille une souris.

— Je suppose, reprit le colonel, qu'elle hurle partout que Son Altesse a été enlevée par des terroristes...

— Oui !

— ...qu'il faut avertir le roi, la reine, les parents de la princesse et, bien entendu, la police, l'armée et les services secrets.

— Exact. Mais quels sont vos ordres ? lui demanda son lieutenant.

Morano eut envie de répondre : *Mettez un bâillon sur la bouche de cette vieille mégère, enfermez-la dans un placard et jetez la clé dans un puits.* Mais la comtesse avait des relations au palais. Et puis, il avait déjà assez de travail avec la sécurité des monarques sans avoir, en plus, à se battre contre la gouvernante des enfants royaux. Aussi répondit-il :

— Connaissant Éolia, je ne crois pas qu'elle soit allée bien loin, lieutenant. Cherchez-la ! Discrètement, bien sûr.

En raccrochant le combiné, le colonel se retint d'éclater de rire. Voilà qui commençait bien la journée.

Il s'était à peine remis au travail depuis deux minutes quand un léger grattement attira son attention. Ce bruit provenait du mur, et plus particulièrement du grand tableau en pied du roi Frédérik Ier, qui avait régné sur la Nénucie dans les années 1700. Quelle ne fut pas sa surprise en voyant le tableau glisser de côté, et la jeune princesse Éolia jaillir du mur comme un diable de sa boîte !

Son pantalon de pyjama traînait sur le parquet ciré. Le colonel remarqua des traces de suie sur le tissu. *Pas étonnant,* se dit-il, *ces passages secrets sont inconnus des concierges du palais !* Ce n'était pas la première fois qu'Éolia l'honorait d'une visite aussi matinale. D'habitude, cependant, elle passait par la porte.

— Que me vaut ce plaisir, Altesse ?

Se préparant à écouter le récit des nouvelles fantaisies d'Éolia, le colonel prit sa pipe, la bourra avec calme, puis lui sourit.

— Monsieur X, il est arrivé quelque chose de terrible.

Ce surnom, elle le lui avait donné parce qu'elle lui trouvait des allures d'agent secret. Éolia affublait de sobriquets tous les gens du palais. Mais en prononçant le sien, elle y mettait toujours beaucoup de gaieté. Cette attention amusait le colonel.

— De qui s'agit-il, cette fois, Altesse ?
— De Gressel.

Le colonel savait qu'Éolia, qui se voulait par ailleurs une petite fille très sérieuse, parlait encore à ses poupées. Il connaissait tout de ses supposés voyages en leur compagnie dans des mondes imaginaires. Il voyait dans ces rêves sa volonté d'échapper à l'ennui de sa vie de princesse enfermée dans une cage dorée.

— Je croyais que le mercredi était le jour de Charlotte, répondit-il en prenant un air sceptique.

— Mais non ! Charlotte, c'est le jeudi soir. Hier, je voyageais avec Gressel. Vous savez que Gressel est une poupée très collet monté. Elle n'a pas assez d'imagination pour me mentir.

Malgré les apparences, Éolia était une enfant très organisée. Sa vaste collection de poupées anciennes avait été évaluée à plusieurs millions d'euros. Comme sa mère, la princesse Sophie, craignait que l'on critique la famille royale si Éolia dormait avec des poupées aussi coûteuses, elle en avait fait don au musée de Massora pour que tout le monde puisse les admirer. Toutes se trouvaient maintenant au musée, sauf sept : les sept poupées qu'Éolia avait baptisées ses « sept sœurs du monde ». Personne au palais ne savait que Xavier Morano avait fait remplacer par des copies les sept poupées originales, sur l'ordre de la petite princesse. Personne. Et surtout pas Sophie !

Éolia tenait dans ses mains deux petits pains chauds qui venaient tout droit des cuisines. Elle en tendit un au colonel. La mie en était encore brûlante, et la croûte dorée à point. Éolia était la première à en recevoir, le matin, grâce à une combine dont elle ne parlait jamais. Elle ne voulait pas mettre dans l'embarras les domestiques du palais, qui étaient ses complices. Tous l'adoraient, et cette affection était à la fois justifiée, partagée et tenue secrète.

Le colonel jeta un coup d'œil sur son bracelet-montre. Éolia allait-elle enfin lui parler de cette « chose terrible qui était arrivée » ? Après tout, il n'avait pas que ça à faire.

Des voix retentirent soudain dans le corridor. En reconnaissant celle, impérieuse et stridente, de la comtesse, Monsieur X et Éolia échangèrent un bref regard.

— Je crois qu'il y a eu un crime, colonel, lui souffla très vite Éolia en guettant la poignée de la porte. On a capturé un garçon. Il a échappé à ses ravisseurs, mais il a très peur qu'on le rattrape. En me réveillant, j'ai entendu son nom...

La porte s'ouvrit.

— À la bonne heure! déclara la gouvernante d'un ton triomphant.

La vieille dame exécuta une rapide révérence sortie tout droit d'un vieux film en noir et blanc. Éolia se dit que, pour Madame Étiquette, tout était « à la bonne heure », comme si le monde entier se résumait à une énorme horloge dont la pile ne s'usait jamais.

— Je me doutais bien que vous étiez ici, Altesse!

Éolia surprit le sourire amusé de la jeune femme qui se tenait derrière la gouvernante, et qu'elle avait déjà eu l'occasion d'observer, quelques minutes auparavant, cachée dans les passages secrets.

Madame Étiquette ajusta ses horribles lunettes.

— Altesse, la princesse Sophie a été avertie. Elle est très en colère contre vous. Elle m'a chargée de faire une enquête sur les raisons de votre... disparition.

En voyant qu'Éolia et le colonel mangeaient les petits pains chauds dont elle avait tant envie depuis l'aube, la gouvernante apostropha sèchement l'officier :

— Et d'abord, colonel, comment est-elle entrée dans ce bureau alors que tous les couloirs sont surveillés ?

Éolia jeta un regard suppliant à Monsieur X.

— Mais… heu… par la fenêtre, répondit celui-ci.

Madame Étiquette s'épongea le front.

— Je vous ferai remarquer que nous sommes ici au rez-de-chaussée, et que les appartements de la princesse se trouvent au deuxième étage.

— Et alors ?

— Alors, vous ne m'aidez pas beaucoup, co… co… colonel ! Je… je vais faire un rapport sur vous à sa Majesté la reine. Je… je vais le… le… le faire !

Elle bafouille ! pensa Éolia, amusée.

Elle s'approcha de Monsieur X et lui souffla à l'oreille :

— Le garçon de mon rêve s'appelle Fabrice Norga.

Puis elle rejoignit sa gouvernante, la prit par la main et déclara, avec le plus joli sourire du monde :

— On parle, on parle, mais je vais être en retard à l'école, moi !

Interloquée, la vieille femme se laissa conduire hors du bureau.

Il sembla soudain au colonel qu'en sortant, Éolia avait emporté avec elle toute la lumière de ce frais matin ensoleillé. On frappa à sa porte. Son lieutenant pénétra dans la pièce, le visage blanc comme un drap. *Sans doute vient-il de croiser la comtesse,* se dit Monsieur X. *La pauvre femme ne se rend pas compte qu'elle traumatise tout le monde.*

Mais l'émotion du lieutenant n'avait rien à voir avec Madame Étiquette.

Comme chaque matin, il apportait les journaux au colonel. La sécurité du palais et celle des membres de la famille royale était directement liée à ce qui se passait en dehors du palais. Il convenait donc de garder l'œil ouvert.

— Il s'agit des enlèvements, déclara le lieutenant.

— Encore un !

— Pire, mon colonel ! Cette fois, six enfants ont disparu d'un seul coup.

— Des détails ?

Monsieur X prit un des journaux au hasard et parcourut l'article qui relatait ce rapt collectif. Soudain, en lisant le

mot « Norga », il devint si pâle à son tour
que le lieutenant lui servit un verre d'eau.

— Bon sang ! s'exclama le colonel en
repensant à ce que la petite princesse
Éolia venait tout juste de lui raconter.

2

Un sermon royal

Le soir venu, Madame Étiquette s'agenouilla dans ses jupons et colla son œil dans le trou de la serrure du salon particulier de la princesse Sophie. Des éclats de voix résonnèrent de l'autre côté de la porte. La comtesse sourit. Le bas de son visage se creusa de vilaines rides.

— Quitter votre chambre sans escorte alors que le pays est actuellement la proie d'une vague d'enlèvements d'enfants, s'écriait Sophie, c'est inadmissible !

Ah ! on rabat enfin le caquet de cette petite impertinente ! songea Madame Étiquette.

Le bas d'une robe blanche effleura les talons de la gouvernante. Prête à réprimander l'intruse qui lui gâchait ainsi son plaisir, Madame Étiquette se redressa d'un bond. Mais quand elle reconnut la reine, qui la dévisageait avec une froideur parfaitement contrôlée, elle resta figée comme une statue de cire.

— Eh bien, comtesse, avez-vous perdu quelque chose ?

— Ma... Ma... Majesté..., bredouilla Madame Étiquette en tremblant comme si elle était soudain atteinte de la maladie de Parkinson.

Le garde du corps qui accompagnait la reine ouvrit la porte, puis la referma derrière elle. N'osant plus reprendre son poste d'observation, la gouvernante se rongea les ongles de dépit.

Quelques instants plus tard, la reine ressortait des appartements de Sophie en tenant Éolia par la main.

— On dirait que je suis arrivée juste à temps, ma chérie.

— Un peu plus, grand-mère, et je m'endormais.

À cinquante-huit ans, la reine Mireille portait ses cheveux blond argenté selon son humeur. En chignon lorsqu'elle avait envie d'assumer son rôle de reine ; longs dans le dos quand elle se sentait l'âme rebelle, ce qui scandalisait plusieurs magazines à potins. Malgré la douceur et la noblesse qui émanaient de sa personne, la reine s'adonnait à la moto, au judo, au karaté et au parachutisme. Les mauvaises langues disaient que le roi n'avait pas besoin de craindre les attaques terroristes, puisqu'il vivait depuis trente-huit ans avec la femme la plus dangereuse du royaume.

En marchant avec sa grand-mère dans une galerie tout illuminée de chandeliers en cristal, Éolia remarqua que sous sa longue robe de soie la reine portait encore... son kimono ! Sa grand-mère suivit son regard.

— Lorsque j'ai su que Sophie était en train de te gronder, j'ai à peine pris le temps de m'habiller.

Elles échangèrent un sourire complice.

Dans un sens, se dit Éolia, *grand-mère me ressemble. Enfin, c'est plutôt moi qui suis comme elle. Ça doit être gé-né-ti-que.*

La fillette décomposait souvent ainsi les mots difficiles pour mieux se les rappeler.

La reine Mireille sentit que, malgré les apparences, sa petite-fille était tendue.

— Tu es contrariée, Lia ?

Comme la princesse semblait perdue dans ses pensées, sa grand-mère ajouta :

— Est-ce à cause de ce que t'a dit ta mère ?

La fillette lui répondit avec ce célèbre sourire à la fois taquin et mystérieux qui faisait la joie de tous les paparazzis et des journaux à potins.

— Oh ! non, grand-mère ! Je m'inquiète pour tous ces enfants qui se sont fait enlever.

Le colonel de la garde avait parlé à la reine du rêve de la fillette. Ils étaient tous deux convaincus qu'Éolia, solitaire et de nature très sensible, s'inventait des dangers pour avoir la sensation d'exister. Et aussi, peut-être, pour prendre une part plus active à ce qui se passait dans le royaume.

— Et puis, grand-mère, il y a... ça!

La fillette retroussa sa manche droite. Près de dix-sept heures après leur apparition, les traces de doigts n'étaient presque plus visibles. Pourtant, la reine s'en inquiéta vivement.

— Mais, par la barbe du roi, que t'est-il arrivé?

— On ne m'a pas fait ça à l'école, la rassura Éolia. Et ce n'est pas Frédérik non plus.

C'était évident. À l'école, un garde du corps ne la quittait pas d'une semelle. Et même s'ils jouaient parfois rudement ensemble, jamais Frédérik, qui adorait sa sœur, ne lui aurait fait le moindre mal.

— J'ai rencontré un garçon, cette nuit. C'est lui qui m'a agrippé le poignet. Je suis sûre que c'est un de ceux qui ont été enlevés. Le colonel m'a promis d'enquêter.

Elles arrivèrent devant les appartements d'Éolia. En apercevant la reine et sa petite-fille, le garde du corps en civil qui se tenait devant la porte à double battant se mit au garde-à-vous.

— Pourquoi y a-t-il un garde devant ma porte, grand-mère? demanda Éolia.

La reine l'embrassa.

— Ta mère a jugé qu'il était plus sage de faire surveiller tes appartements.

— Mais c'est ridicule !

— Je crois qu'elle a peur d'un enlèvement terroriste. Imagine le drame et les gros titres des journaux !

— Ridicule ! répéta Éolia en fixant l'homme droit dans les yeux.

En prenant congé, la reine se sentit mal à l'aise. Elle n'avait pas osé dire à sa petite-fille que déranger le colonel pour de simples rêves n'était pas une bonne idée. Et puis, comment lui expliquer que celui qu'elle appelait affectueusement « Monsieur X » était trop occupé pour donner suite à cette enquête ?

Avant d'entrer dans ses appartements, la jeune princesse se dressa sur la pointe des pieds.

— C'est plus pour m'empêcher de sortir de ma chambre que pour empêcher quelqu'un d'entrer qu'on vous a dit de rester là, hein ?

Comme l'homme ne répondait pas, elle lui claqua la porte au nez.

Contrairement à Gressel, Charlotte, la poupée du jeudi soir, était pleurnicheuse et maladroite. Cependant, puisqu'elle était anglaise, Éolia apprenait grâce à elle des expressions comme « *my god* » ou, dans un langage plus courant : « *You are ridiculous !* »

Éolia la prit dans ses bras et la secoua un peu pour lui montrer qu'elle ne plaisantait pas.

— Si je ne suis pas certaine de pouvoir te faire confiance, Lolotte, je ne t'emmène pas avec moi !

La princesse se sentit un peu bête de s'être adressée à Charlotte avant la tombée de la nuit. Elle savait que ses poupées ne pouvaient prendre vie que dans ses rêves.

Éolia avait toujours pensé qu'elle ne pouvait accéder à la cheminée magique que si elle était accompagnée de la bonne poupée. Par exemple, elle n'aurait pas pu emmener Gressel, car le jeudi soir, c'était le tour de Charlotte. En entendant un léger glissement derrière la grande tapisserie murale qui couvrait la paroi à gauche de son lit, la fillette sourit et demanda :

— Cette règle d'une poupée par nuit est-elle absolue, Monsieur Monocle?

Au service de la famille royale depuis plus de cinquante ans, Gontrand Berorian sortit du passage secret et s'approcha du lit. Mains gantées, il servit à la princesse sa tisane à la menthe. Le soir, dans sa chambre trop luxueusement décorée de vieux tableaux de maîtres qui semblaient la dévisager, Éolia aimait sentir l'arôme de la menthe et celui du citron chaud.

— Absolument, Votre Altesse, répondit-il de sa voix la plus calme.

Éolia connaissait depuis qu'elle était toute petite celui qu'elle avait surnommé Monsieur Monocle. Ce serviteur zélé, vêtu en permanence d'un costume-cravate vert bouteille, était petit, rond et chauve comme un œuf. Il lui avait raconté, quand elle était plus jeune, que les poupées pouvaient, si on le désirait, prendre vie dans les rêves. On ne devait donc pas hésiter à leur demander conseil.

— M'avez-vous apporté ce que je vous ai demandé?

Le vieil homme ajusta sur son œil gauche le monocle en écaille de tortue qui lui avait valu son surnom. Puis il

déposa la pile de journaux sur le couvre-lit.

— Personne ne vous a vu entrer?

— Et personne ne me verra sortir, Altesse.

Monsieur Monocle connaissait en effet les passages secrets mieux que quiconque puisque, enfant, il s'y promenait en cachette. C'est lui, d'ailleurs, qui les avait fait découvrir à la petite princesse.

— Douze enfants ont été enlevés! s'exclama Éolia.

Le vieux majordome hocha la tête.

— Hier matin, ces deux filles et ces quatre garçons ont embrassé leur mère avant de partir à l'école, puis ils ont disparu.

Éolia montra du doigt les photos des derniers enfants enlevés par les mystérieux ravisseurs.

— Au journal télévisé, j'ai entendu que les enquêteurs tenaient une piste, répondit Monsieur Monocle. Ils ont aussi découvert que les enfants kidnappés vivaient tous dans la banlieue nord de Massora. Hélas! pour des raisons de sécurité, les journalistes n'ont pas pu nous en apprendre davantage.

— Ça doit être effrayant d'être arraché de chez soi quand on a des parents qu'on aime...

La voix d'Éolia n'était plus qu'un murmure. Le majordome la borda avec soin.

— C'est sans doute à cause de tous ces enlèvements que votre mère est si sévère avec vous.

Haussant les épaules, la fillette fronça les sourcils puis le dévisagea.

— Que penseriez-vous d'une machine qui enregistrerait les rêves? Pas tous les rêves, bien sûr. Seulement les plus importants. Le matin, on repasserait le disque laser dans la machine et on pourrait ainsi se souvenir de tout.

— Pour se rappeler, princesse, il existe la méthode du journal de rêves. Elle n'est pas aussi efficace que votre machine, mais c'est encore ce que l'on a trouvé de mieux jusqu'ici.

C'était Monsieur Monocle, en effet, qui avait offert à Éolia son tout premier journal de rêves.

— Demain matin, lui dit-il avant de s'engouffrer dans le passage secret, je vous apporterai encore deux belles miches de pain !

Aussitôt endormie, Éolia demanda à Charlotte de l'accompagner dans la cheminée magique. En sortant du conduit de la cheminée, la fillette eut la surprise de se retrouver non pas sur les toits du palais, mais dans l'antichambre de son propre appartement. Elle dévisagea Charlotte.

— On m'a dit de te conduire dans l'antichambre, déclara la poupée en souriant, ce qui fit étinceler ses jolis yeux gris et ses joues criblées de taches de rousseur.

— Ce quelqu'un-là s'appelle-t-il Fabrice Norga ? demanda Éolia en repensant au garçon qu'elle avait rencontré la nuit précédente.

Avant que Charlotte ne lui réponde, la fillette passa un bras au travers de la porte à double battant qui fermait l'appartement. Puis elle éclata de rire, car traverser les objets, dans les rêves, c'était comme transpercer un nuage de mousse.

3

Une avalanche
de chapeaux

— **A**rrête de rire comme une folle,
Lia, sinon il s'apercevra de quelque
chose!

*Charlotte est vraiment la plus peu-
reuse de toutes mes poupées!*

— Il ne peut pas nous voir, répondit
la princesse. Pour lui, nous n'existons
pas.

Se croyant seul dans la pièce, le garde
du corps avait en effet pris ses aises. Affalé
sur une chaise datant du XVIIe siècle, il
consultait des magazines de voitures de
course.

En plus, beurk, il fume !

Éolia n'était pas certaine de comprendre comment elle pouvait rêver de choses aussi vraies. D'habitude, elle voyageait uniquement dans des mondes imaginaires féeriques, alors que là, elle se trouvait dans le palais royal.

Elle posa Charlotte par terre et, accroupie à sa hauteur, l'interrogea :

— Dis-moi qui t'a demandé de me conduire dans ce rêve, et pourquoi !

— Je ne suis pas sûre, pleurnicha-t-elle. C'est un homme, en tout cas. Mais je ne me rappelle plus parce que... parce que je l'ai vu dans un rêve, aujourd'hui !

Éolia fut stupéfaite d'apprendre que ses poupées avaient, elles aussi, la faculté de rêver, et qu'elles rêvaient au moment où elle-même était réveillée.

— L'important est de retrouver Fabrice, décida la fillette. Cet homme t'a-t-il dit où il se trouve à présent ?

Avant de répondre, Charlotte épousseta sa longue robe de mousseline mauve et verte. Puis, après s'être plainte qu'elle n'aimait pas la couleur des rubans qu'Éolia avait noués dans ses cheveux, elle finit par répondre en haussant les épaules :

— Non, il n'a rien voulu dire.

— Dans ce cas, retournons dans ma chambre et essayons d'entrer dans la cheminée. Peut-être qu'il y est encore et qu'il nous attend.

Avant de franchir de nouveau la lourde porte de ses appartements, Éolia fit un clin d'œil à sa poupée. Puisque le garde ne pouvait ni la voir, ni la toucher, ni la gronder, elle s'approcha de lui et essaya de lui chatouiller les côtes. Constatant que sa main passait également à travers le corps de l'homme, elle cria de surprise… sans que le soldat lève les yeux de son magazine!

La princesse était très déçue par la cheminée magique qui, ce soir-là, s'amusait décidément à lui jouer de drôles de tours. Aussitôt entrée dans le long boyau obscur, Éolia se sentit aspirée et fut entraînée à l'autre bout du palais royal, dans le salon particulier de la princesse Sophie.

La fillette ne vit d'abord que le profil de sa mère. Elle était vraiment belle avec ses longs cheveux châtain clair aux reflets d'or ! Éolia aimait beaucoup les cheveux de sa maman. Enfin, elle aimait les lui coiffer quand Sophie venait quelquefois les voir, Frédérik et elle, le soir, et qu'ils jouaient ensemble. Mais cela faisait des mois qu'une telle chose ne s'était pas produite. Lia se rappela avec tristesse d'un soir où Sophie lui avait dit qu'elle lui trouvait un caractère irascible. I-ras-ci-ble. Un mot qu'Éolia détestait. Et puis la fois où, rouge de colère, Sophie avait ordonné à sa fille de lui dire « vous », comme si elles avaient été des étrangères.

Éolia observait maintenant sa mère, qui était assise devant sa coiffeuse. Madame Duquesnois, la maquilleuse de la reine, lui brossait les cheveux.

— Qu'est-ce qu'il fabrique ? s'exclama Sophie en arborant cette moue qui plaisait tant aux paparazzis.

— Je te parie qu'elle parle de papa, confia Éolia à Charlotte.

La poupée était visiblement effrayée. Son beau visage de porcelaine tourné vers un des murs lambrissés de bois précieux, elle bredouilla :

— Là ! Tu vois ce que je vois ?

Effectivement, il y avait un problème.

— C'est un trou, constata Éolia, stupéfaite, en s'approchant du mur.

Haut d'un mètre trente et large de quarante centimètres, ce trou n'existait probablement que pour elle et sa poupée. Sinon, Sophie aurait déjà appelé les gardes pour leur crier dans les oreilles que des terroristes s'étaient introduits dans le palais.

— Te rends-tu compte, Lolotte? Un passage secret que je ne connais pas. Allons voir où il mène!

— Oh non! Je suis sûre que ce trou va nous attirer des ennuis.

Quel dommage que Charlotte soit si trouillarde! pensa la fillette, découragée.

Éolia examina les bords du trou pendant que, de plus en plus en colère, Sophie renvoyait la maquilleuse. La fillette eut de la peine pour madame Duquesnoy, car elle était la mère de Mélanie, et Mélanie était...

Elle interrompit brusquement sa réflexion et supposa:

— Puisque le bonhomme mystérieux qui t'a parlé pendant ton rêve nous a conduites jusqu'ici, je crois qu'il veut que nous entrions dans ce tunnel. Peut-être qu'à l'intérieur se trouve la clé des enlèvements d'enfants.

— Moi, je n'y vais pas!

Sans ajouter un mot, Charlotte s'assit par terre et croisa les bras sur sa poitrine.

— Comme tu veux! Mais si on se sépare maintenant, on risque de se perdre.

Cette perspective la fit changer d'avis, et elle sauta dans les bras de la princesse.

Alors qu'elles entraient toutes deux dans ce qui ressemblait à un autre boyau obscur, Éolia entendit sa mère avouer :

— Je n'aurais pas dû être si sévère avec Lia.

Cela lui fit chaud au cœur, mais, en même temps, elle pensa que ce trou rappelait ceux que l'on voit dans les films d'horreur et qui, tous, conduisent en enfer.

Très vite, la pente forma une courbe pour se changer en une sorte de tunnel horizontal en béton. Marcher dans le noir n'avait jamais effrayé Éolia, car elle avait l'habitude des passages secrets et des toiles d'araignées. Ça n'était pas le cas de Charlotte, que la princesse devait sans cesse rassurer. *Je croyais que mes poupées devaient veiller sur moi, et non le contraire! Ce tunnel existe-t-il réellement, ou bien n'est-il là que dans mon rêve?* se demanda Éolia, quand elle sentit soudain un souffle chaud sur sa nuque.

Elle bondit en avant et s'écria:

— Qui est là?

Sa voix résonna dans le tunnel comme s'il mesurait des kilomètres de long.

— Dans les vieux châteaux anglais, lui dit Charlotte, il y a plein de fantômes…

Éolia posa la main sur la bouche de sa poupée. L'homme mystérieux qui avait parlé à Charlotte était peut-être là, à leur côté, dans le noir.

— Êtes-vous un fantôme?

— Chut! lui souffla une voix.

— Fabrice?

— Ne bouge plus.

Elle entendit un froissement de tissu et devina que le garçon s'adossait contre la paroi du tunnel.

— Je suis contente de te revoir, murmura-t-elle même si, de toute façon, il faisait trop noir pour qu'elle puisse le *voir* vraiment. Mais si tu veux que je t'aide, il faut que tu me dises qui tu es et ce qui se passe.

— Je les ai trouvés. Je sais ce qu'ils font, où ils se cachent et où ils gardent les enfants prisonniers.

Rien n'embêtait plus Éolia que de parler à quelqu'un dont elle ne voyait pas le visage.

— Tu parles des voleurs d'enfants, n'est-ce pas?

Elle glissa sa main sous la robe de sa poupée, qui se plaignit qu'elle détestait être chatouillée.

— Reste tranquille, que je t'allume.

Aussitôt, les deux petites ampoules vissées derrière les yeux de Charlotte répandirent un peu de lumière dans le sombre tunnel. Fabrice cligna des paupières. En le découvrant enfin, la fillette se mordit les lèvres. La chemise et le jeans du garçon étaient tachés de boue et déchirés en maints endroits, comme s'il avait vécu des moments épouvantables. Ses cheveux mal coiffés tombaient sur son front. Malgré cela, Fabrice, qui devait avoir une douzaine d'années, était mignon. Il avait des dents très blanches, la peau bronzée, et dans ses yeux noirs brillaient la peur, mais aussi un mélange d'obstination et de courage.

— Regarde bien ces deux tunnels, lui dit le garçon en lui montrant du doigt de petits tuyaux métalliques rouillés qui couraient le long de la paroi. Tu devras prendre celui de droite. Te souviendras-tu de ça ?

La princesse acquiesça tandis que Charlotte, qui se sentait de plus en plus fatiguée – c'était normal, puisqu'elle perdait de l'électricité –, bâillait comme si elle tombait de sommeil.

— Éteins la lumière, lui recommanda Fabrice. Ils peuvent revenir.

— Oh ! Regarde !

Abasourdis, ils virent, à la faible lueur des yeux de Charlotte, leur tunnel se remplir de... chapeaux ! Des petits, des moyens, des grands, des très, très grands, même. Ils inondaient le tunnel de couleur. Ploc ! ploc ! ploc ! Des chapeaux de soirée, des bérets, des chapeaux melon, des hauts-de-forme de magicien, des tuques, des chapeaux de cow-boy pleuvaient de tous les côtés.

— Des pas ! s'écria soudain Fabrice.

Au milieu des chapeaux qui envahissaient leur tunnel – ils en étaient presque

submergés! – retentirent plusieurs détonations sourdes. Des étincelles ricochèrent contre les tuyaux rouillés.

— Éteins! Éteins! Ils m'ont retrouvé!

Éolia entendit la voix de Fabrice s'éloigner à toute allure pendant que, dans son rêve, les chapeaux n'en finissaient pas de s'accumuler dans le tunnel, encore et encore…

4

Pièce secrète
et rats imaginaires

Éolia se réveilla en sursaut. Elle se leva et nota avec soin dans son journal le déroulement de l'aventure. Elle y inscrivit l'heure de son réveil – deux heures quarante-cinq – ainsi que l'émotion qu'elle avait ressentie juste avant la fin de son rêve.

La peur, se dit-elle. *Je n'avais pas peur pour moi, mais pour Fabrice.*

Elle voulut demander à Charlotte ce qu'elle pensait de tout cela, mais la poupée, redevenue sourde et muette, ne pouvait que la contempler de ses grands yeux bleus écarquillés.

La fillette frissonna, car les murs de sa chambre, bien que lambrissés d'or et de marbre, étaient vieux et imbibés d'humidité. Elle chaussa des pantoufles, rangea Charlotte et prit l'une des trois lampes de poche cachées dans le tiroir de sa table de chevet. Puis, elle se planta devant le portrait en pied d'un clown jouant de la trompette, accroché au mur de sa chambre.

Si quelqu'un décide un jour de décrocher mon clown du mur, il aura toute une surprise...

En souriant à cette idée, elle actionna un bouton dissimulé dans le cadre. Le clown glissa de côté dans le mur, révélant une sorte de cage d'ascenseur. En fait, il s'agissait davantage d'un monte-charge que d'un véritable ascenseur. Le palais en comptait huit, aussi bien dissimulés que celui-ci, traversant les bâtiments de leur fondation jusqu'aux greniers.

La pièce secrète d'Éolia était située au troisième étage du palais, au niveau où se trouvaient également les chambres des domestiques. Avec ses poutres, ses chevrons, ses murs de plâtre et ses trois lucarnes, cet endroit constituait son domaine privé. Si privé, d'ailleurs, que seule une poignée de personnes, incluant le roi et la reine, qui en avaient financé l'installation, étaient au courant de son existence.

Éolia aimait se retrouver dans cet espace où nul n'avait le droit d'entrer sans sa permission. Aucune Madame Étiquette, ni même – surtout! – sa mère, ne pouvaient imaginer une seule seconde à quel point la fillette était libre grâce à ce lieu.

Ce n'était pas par simple caprice qu'à trois heures, en cette nuit du jeudi au vendredi, elle était montée dans son repaire. Une idée lui trottait dans la tête, et elle voulait absolument la vérifier avant de retourner dormir. Elle démarra son ordinateur. Bien sûr, ce n'était pas un appareil ordinaire. Branché au réseau très puissant de la gendarmerie royale et des services secrets du roi, son ordinateur était à la fine pointe de la technologie.

Pour commencer, elle se connecta à Internet et entra sur le site du *Nénucie-Matin*, le plus important quotidien du pays. Elle répertoria tous les articles relatifs aux enlèvements d'enfants. Elle trouva aussi, et c'était là le plus important pour vérifier sa théorie, une photo de chaque petit kidnappé.

Le cœur battant, elle compara avec soin les photos. Mais elle eut beau les agrandir sur son écran, aucun des visages ne correspondait à celui de Fabrice. Horriblement déçue, elle se dit qu'après tout, ses rêves n'avaient rien d'extraordinaire.

Peut-être que toutes les filles de mon âge en font de semblables… Seulement, elles ne sont pas assez bêtes pour y croire. Et puis, elles ne sont pas princesses. Elles n'ont pas un gentil Monsieur X à déranger avec leurs histoires ridicules !

Elle sentit des larmes rouler sur ses joues.

Non seulement Fabrice ne figure pas parmi les enfants enlevés, mais aucun de ceux-là ne s'appelle Fabrice Norga, ni même Fabrice, ni même seulement Norga !

Incapable de se résigner à croire qu'elle avait inventé le personnage de Fabrice, elle se ressaisit et porta son attention sur les articles de presse. Les journaux mentionnaient des faits intéressants. Par exemple, plusieurs des

enfants enlevés se connaissaient, car ils allaient à la même école, située dans la banlieue nord de la capitale. Monsieur Monocle lui avait dit la même chose. Mais en quoi cela pouvait-il l'aider?

Quant à ces chapeaux qui envahissaient le tunnel dans son rêve, ils devaient forcément receler un sens caché. Mais lequel?

Songeuse, elle parcourut des yeux les cadres qui décoraient son bureau. Une photo de ses parents prise le jour de leurs noces. Une autre de ses grands-parents, le roi et la reine, prise également le jour de leur mariage. Une de son frère,

Frédérik, de trois ans plus jeune qu'elle. *Pas le jour de son mariage, ça c'est sûr !* se dit-elle en souriant à demi. Elle contempla une quatrième photo, sur laquelle deux fillettes de dix ans, se ressemblant comme des sœurs jumelles, se tenaient par la main. Ce jour-là, Mélanie portait une perruque blonde sur ses longs cheveux bruns bouclés. Elle avait enlevé ses lunettes et mis des lentilles cornéennes bleues dans ses yeux. Éolia avait réussi à peindre ses sourcils bruns en blond. En regardant cette dernière photo, on devinait qu'elle avait été prise dans cette même pièce. En arrière-plan se détachait le télescope d'Éolia, ainsi que sa longue table de maquillage.

La table de maquillage d'Éolia était tout sauf ordinaire, elle aussi ! Elle était équipée de perruques de toutes les couleurs, de dizaines de paires de lunettes, de pots de crèmes, et d'autres qui renfermaient une colle spéciale. Elle contenait dans ses nombreux tiroirs des prothèses et des trucs et des machins et des bidules pour se mettre dans la bouche afin de modifier la courbe de son menton et pour se grossir les joues. Sans oublier les faux nez qu'Éolia préférait par-dessus tout !

« Mélanie ! se lamenta-t-elle en s'adressant à sa fausse jumelle, suis-je dans l'erreur depuis le début ? Mes rêves sont-ils ordinaires, comme ceux des autres, ou bien ont-ils quelque chose de vrai ? »

Découragée, elle posa sa tête dans ses bras, sur son bureau. Puis elle se laissa emporter par le sommeil...

Quelques heures plus tard, une sonnerie réveilla brutalement Éolia. Plusieurs secondes s'écoulèrent avant qu'elle ne reconnaisse le tintement régulier du système d'alarme installé par Monsieur X en personne, et qui était censé l'avertir de la présence d'intrus près de ses quartiers.

La fillette se redressa sur sa chaise et alluma son réseau interne de caméras. Les huit petits moniteurs en couleurs affichèrent différentes images : une vue du couloir du roi, qui traversait le palais d'un bout à l'autre, une du vestibule de son appartement, une autre de son salon et, enfin, une de sa chambre.

«Catastrophe!» s'écria-t-elle en reconnaissant, sur le moniteur numéro un, la silhouette noire et filiforme de Madame Étiquette qui approchait de ses appartements.

Elle appuya sur un bouton et obtint un gros plan. Le garde posté devant la porte de son antichambre lui apparut, fumant une cigarette.

«Une seule chose à faire!» décida la fillette.

Elle décrocha son appareil téléphonique et sélectionna, sur l'affichage, le nom de la personne qu'elle voulait joindre. *Heureusement qu'il a un téléphone cellulaire!*

— Monsieur Monocle! Où êtes-vous? lui demanda-t-elle, le souffle court.

À cet instant précis, elle recommença à respirer normalement. Elle vit, sur un de ses petits moniteurs, que le majordome venait d'entrer dans sa chambre à l'insu de tous, car il avait emprunté les passages secrets.

— Et vous, où êtes-vous? répondit-il.

Accompagnée de la jeune dame d'honneur en formation, Madame Étiquette entrait dans le vestibule...

— Je n'ai plus le temps de redescendre par l'ascenseur, lui dit Éolia. Retenez-la, Monsieur Monocle. J'arrive !

La fillette ôta ses pantoufles, et roula le tapis mauve qui se trouvait à ses pieds. Puis, elle actionna le levier qui commandait l'ouverture d'une trappe. Dans la pièce du dessous, à cet endroit précis, se trouvait son lit.

Elle jeta un coup d'œil sur ses moniteurs de contrôle. Monsieur Monocle était passé dans l'antichambre. Elle le vit simuler une maladresse et bousculer la gouvernante afin de la ralentir.

Les deux battants de la trappe s'ouvrirent dans un grincement métallique. Béant et rectangulaire, le trou mesurait exactement cinquante centimètres sur soixante-quinze centimètres. L'espace nécessaire pour qu'Éolia s'y glisse et se laisse ensuite tomber sur son lit.

Elle rebondit sur son matelas et s'empressa de se cacher sous ses couvertures. Au même instant, la vieille comtesse entrait dans la chambre.

— Votre Altesse, il est sept heures!

Comme Monsieur Monocle avait déjà ouvert les rideaux, la gouvernante renifla. Ce signe, chez elle, montrait qu'elle soupçonnait quelque mauvais tour. Alors qu'Éolia se laissait habiller par Jeanne, elle vit avec horreur qu'un des battants de la trappe ne s'était pas refermé. Comble de malchance, la jeune dame d'honneur se retenait de rire, car elle fixait le panneau défectueux qui pendait dans le vide.

— Eh bien, ma fille! s'énerva la comtesse en constatant que Jeanne était une fois de plus perdue dans ses rêveries.

Pour détourner l'attention de Madame Étiquette, Éolia s'exclama, faussement effrayée:

— Un rat! Un rat!

C'était le mot à ne pas prononcer. Ramassant ses nombreux jupons, Madame Étiquette prit ses jambes à son cou et sortit de la chambre en hurlant d'épouvante.

— Vous êtes nouvelle? demanda tranquillement Éolia à la dame d'honneur.

— Oui, Votre Altesse.

— Je crois qu'on va bien s'entendre, toutes les deux.

Pour sceller leur nouvelle complicité, elles se serrèrent la main.

Cet épisode lui ayant quelque peu remonté le moral, Éolia demanda ensuite à Monsieur Monocle de faire réparer le mécanisme de la trappe.

— Et pouvez-vous trouver un ou deux rats morts ? Sinon, Madame Étiquette va croire que je lui ai encore joué un tour.

En descendant au salon d'azur pour prendre son petit déjeuner avec ses parents, la fillette essayait tant bien que mal de sourire. C'était très difficile, car elle croyait maintenant que Fabrice Norga n'existait pas, et que les centaines de chapeaux de son rêve n'avaient pas le moindre lien avec les enlèvements d'enfants.

Je ferais mieux d'oublier cette histoire et d'arrêter de déranger Monsieur X pour des riens.

La pancarte
révélatrice

Vêtus du costume noir et bleu outre-
mer de leur école, Éolia et son jeune frère
traversèrent la pelouse main dans la
main. Une dizaine de photographes privi-
légiés attendaient depuis une heure pour
les mitrailler de leurs flashes.

«Que vous vous teniez par la main, c'est bon pour l'image de la famille royale», leur disait la princesse Sophie.

Une fois montés dans la limousine qui, chaque matin, les conduisait à l'école royale de Massora, les enfants y retrouvèrent Madame Étiquette, remise de ses émotions, ainsi qu'Allan, leur garde du corps anglais. Allan était drôle sans être bavard, ce qui n'est pas si facile. Et puis, même s'il tentait de laisser pousser sa moustache aussi longue que celle du colonel, il était loin d'être aussi intelligent.

— Vous pouvez vous lâcher les mains, maintenant, leur dit la gouvernante en remontant sa vitre électrique teintée. Ces paparazzis me donnent des boutons.

Éolia sentit la main de son petit frère serrer la sienne.

C'est normal qu'il m'aime, se dit-elle. *Je raconte mieux les histoires que Madame Étiquette ; je sais le faire rire ; je lui chante des chansons – je chante faux, mais ce n'est pas grave – ; et puis, je ne le gronde presque jamais.*

Frédérik avait le don de deviner dans quel état d'esprit se trouvait sa sœur. À tout moment dans la journée, il pouvait s'arrêter de dessiner ou de réciter ses leçons pour fixer le vide, avec ses grands yeux bleus, sans rien dire, avec un air triste. Cela voulait dire que Lia, comme il l'appelait affectueusement, était contrariée ou malheureuse. C'était le cas en ce moment, alors que la limousine blanche franchissait les grilles du palais.

Un gendarme à moto prit les devants en éclaireur. Une voiture du palais avec trois gardes du corps à son bord ferma le convoi. Même si l'école était située sur l'avenue Nénucia, à moins de trois kilomètres du palais royal, le roi jugeait qu'une escorte était nécessaire pour décourager les tentatives d'enlèvement. Comme chaque matin, la circulation était dense dans le centre-ville. Allan reçut un message sur son émetteur-récepteur portatif.

— On m'apprend qu'il y a des travaux sur l'avenue Nénucia, annonça-t-il avec son accent britannique. Nous allons devoir faire un détour.

Il baissa la vitre centrale et donna des instructions au chauffeur. Madame Étiquette n'aimait pas les imprévus, mais Éolia et Frédérik se réjouirent de pouvoir changer d'itinéraire. Très peureuse malgré ses airs bourrus, la comtesse craignait surtout les attentats, comme dans les films policiers. Bang! Bang! On immobilise la limousine, on fait exploser la vitre blindée, on vous attrape par le col, on tue votre garde du corps, et puis… À ce stade-ci de son aventure imaginaire, la vieille comtesse était aussi pâle qu'une tarte à la crème.

— Arrêtez-vous! s'écria soudain Éolia.

— Comment?

Un instant, la gouvernante crut que son pire cauchemar devenait réalité. La princesse cria de nouveau:

— Stop!

Allan donna l'ordre au chauffeur.

— Vous êtes fou! lui lança Madame Étiquette en considérant, dégoûtée, les immeubles sales et les gens louches qui déambulaient le long des trottoirs.

S'ils n'étaient pas cravatés, les hommes étaient suspects aux yeux de Madame Étiquette!

Éolia descendit de voiture. Dans le second véhicule, les trois gardes du corps, hébétés, la regardèrent. Enfin, ils sortirent à leur tour.

— Quelle mouche l'a piquée? demanda la gouvernante en empêchant le jeune prince Frédérik de suivre sa sœur.

Quand Allan rattrapa la princesse au beau milieu des passants, elle contemplait, émerveillée, une immense pancarte publicitaire sur laquelle étaient photographiés des chapeaux. «Chapeaux Norga», annonçait la publicité.

— Altesse, regagnons la voiture, lui conseilla son garde du corps pendant que ses collègues, les sourcils froncés, surveillaient les alentours.

— Les chapeaux Norga…, lut Éolia sur la pancarte géante. Vous les connaissez, Allan?

Celui-ci resta de marbre. Il avait les cheveux coupés ras, le teint très blanc et le visage osseux.

Il n'a vraiment pas une tête à chapeau! songea Éolia.

«Je commence à comprendre», dit-elle en se laissant reconduire à la limousine.

Construite trois cents ans plus tôt pour servir d'Académie de musique au roi Frédérik Ier, l'École royale sentait l'humidité, la sciure de bois et la cire chaude. Comme c'étaient à peu près les mêmes odeurs que celles du palais, Éolia n'avait pas vraiment l'impression de changer d'endroit lorsqu'elle se rendait à l'école. Elle y retrouvait les mêmes façades de briques, les mêmes colonnes de marbre. Des plafonds à doubles caissons peints de fresques anciennes, des galeries parsemées de tableaux représentant de vieux messieurs à l'air renfrogné, et des planchers à damiers rouge et blanc complétaient le décor.

Sans parler des élèves modèles bien habillés et bien coiffés, mais aussi turbulents que les élèves des écoles publiques. Bien sûr, comme ils venaient de familles nobles ou riches, ces petits vicomtes, ces petites marquises ou ces demoiselles Pétrole Oil compagnie n'étaient pas surpris d'aller en classe avec la princesse de Nénucie. Plusieurs la prenaient d'ailleurs pour une prétentieuse, parce qu'Éolia n'avait pas l'habitude de parler pour ne rien dire, surtout à des filles qui, pour la plupart, ne s'intéressaient qu'à leurs toilettes. À ces demoiselles en velours et en dentelles, elle n'avait aucune envie de raconter en détail sa vie quotidienne au palais, même si elles en mouraient toutes d'envie.

Tant pis pour elles. Je suis certaine qu'elles ne voyagent pas dans leurs rêves et qu'elles ne sont jamais passées à travers une porte ou un mur. Et puis leurs poupées, même si elles disent qu'elles n'en ont pas, sont sûrement des poupées ordinaires.

Monsieur Lastuce, qui, on s'en doute, ne s'appelait pas réellement ainsi, était le professeur préféré d'Éolia. Mais en ce vendredi matin, la fillette n'était pas d'humeur à se concentrer sur son cours de français.

Monsieur Lastuce avait pourtant le don de rendre intéressants des mots comme « tronçonneuse », « cuillère à soupe » et même « bigoudi ». Pour ce faire, il inventait autour de ces mots des histoires drôles, tristes ou fantastiques. Des parents d'élèves s'étaient plaints de ses méthodes. Mais Éolia, dans le plus grand secret, avait fait intervenir la reine pour que son professeur ne soit pas renvoyé.

Pendant le cours de français, Monsieur Lastuce lui tourna autour comme un grand oiseau de malheur. Il sentait qu'elle n'était pas aussi attentive que d'habitude.

Et pour cause !

Excitée comme une puce par ce qu'elle avait vu sur le chemin de l'école, Éolia utilisait son ordinateur portable, mais ce n'était pas pour suivre la leçon comme le faisaient les autres élèves. Branchée illégalement sur Internet, elle avait entré les mots « chapeau », « Norga », « école des Moulins » (le nom de l'école où allaient la plupart des enfants avant leur enlèvement), et elle attendait que son moteur de recherche lui donne des renseignements.

Depuis le mercredi matin, aucune nouvelle disparition d'enfant n'avait été signalée. Les médias, cependant, continuaient à faire pression sur les services de police. Les gens commençaient à murmurer que les autorités étaient incapables de gérer cette crise. Étrangement, pas une demande de rançon n'avait encore été adressée, et aucun groupe extrémiste ne revendiquait ces enlèvements.

Éolia se remémora que la veille, quand Madame Étiquette la cherchait et qu'elle était cachée dans les passages secrets, elle avait surpris une conversation fort intéressante entre le roi et Roger Benito, le premier ministre de la Nénucie.

Ce dernier, aux dires d'Éolia, ressemblait davantage à une fouine à barbe qu'à un homme politique. Tout en parlant à son grand-père sur un ton prétentieux, il déplorait cette regrettable affaire et laissait entendre à demi-mot qu'il ne savait vraiment pas par quel bout la prendre. Devant autant d'incompétence, Éolia sentait qu'elle devait mener son enquête jusqu'au bout !

L'information apparut enfin sur son écran : « Norga limitée fabrique des chapeaux en Amérique du Sud et les distribue en Europe. » Éolia lut que cette compagnie possédait trois magasins en Nénucie dont un, très huppé, dans les Galeries de la Pyramide, le plus grand centre commercial de Massora. Elle ne trouva par contre aucun renseignement intéressant au sujet de l'école, à part le fait que les élèves étaient tous des enfants du quartier des Moulins, et qu'ils étaient issus de milieux où sévissaient le chômage et la pauvreté.

Elle était très occupée à copier-coller les adresses des magasins de chapeaux quand Monsieur Lastuce la surprit en flagrant délit. Il la dévisagea sévèrement.

— Mademoiselle Éolia, pourriez-vous répéter à vos camarades ce que je viens de dire ?

La fillette aimait beaucoup Monsieur Lastuce, surtout depuis qu'il lui avait enseigné comment ne plus faire de fautes d'orthographe en écrivant les verbes « mourir » et « nourrir ».

— J'attends toujours…

Quand on meurt, avait-il expliqué, *on n'a besoin de rien. Alors on écrit le mot avec un seul R. Par contre, se nouRRir, c'est tRRRès important. Miam, miam, on a besoin de ça pour vivre. Alors on écrit ce mot avec deux R.*

Mais bien sûr, ce n'était pas de cela que venait de parler le sympathique Monsieur Lastuce. Avant de se retourner pour lui sourire, Éolia envoya à son ami le colonel le courriel qu'elle venait tout juste de lui écrire…

Ce matin-là, la princesse reçut un avertissement pour mauvaise conduite.

Dès seize heures trente, comme chaque après-midi, le vaste stationnement de l'école était rempli de superbes voitures rutilantes conduites par des chauffeurs à casquette et à costume orné de galons. À quelques mètres de là, attroupés comme des hyènes depuis près d'une heure, les paparazzis rêvaient de la photographie qui deviendrait la primeur de la semaine. Par exemple, ils espéraient surprendre le prince Frédérik en train de se curer le nez, ou bien Éolia trébuchant sur le pavé.

La fillette ne fut pas surprise de trouver le colonel de la garde debout devant la limousine. Même si Monsieur X cachait toujours ses pensées derrière sa grosse moustache et ses yeux aussi brillants que des billes de charbon, elle était drôlement contente de le voir.

— J'ai bien reçu votre courriel de ce matin, princesse, lui dit-il après avoir autorisé quelques photographes à les mitrailler tandis qu'ils montaient dans la limousine.

Frédérik s'assit et alluma aussitôt le téléviseur de bord. Il eut tôt fait de choisir la chaîne TV cartoons et de s'y plonger avec délectation. Puisque Éolia souriait comme si elle venait de gagner au loto, le colonel ajouta, presque à contrecœur :

— Si je suis venu vous chercher, ce n'est pas à cause de ça.

Le ton confidentiel qu'il avait employé intrigua la jeune princesse. Précédée du gendarme à moto, la limousine sortit de l'enceinte de l'école sous les flashes des photographes.

Monsieur X tendit une série de photos à Éolia. Ces visages d'enfants, elle les connaissait déjà : elle les avait étudiés, la veille, sur le site Internet du *Nénucie-Matin.*

— Il n'y a aucun Fabrice dans la liste des enfants enlevés, Altesse.

Elle accusa le coup en silence.

Pourquoi est-il venu, alors ?

La dernière photo montrait un homme d'une quarantaine d'années, à l'allure distinguée. Il avait d'épais sourcils, des cheveux crépus, des tempes grisonnantes et le teint basané de celui qui passe la moitié de l'année en vacances sous les tropiques.

— Il s'agit de Felipe Lortega, précisa le colonel en lissant sa moustache.

— Monsieur Monocle m'a dit que la police tenait une piste.

— En effet, elle enquête en secret sur cet homme. Officiellement, il est représentant de crèmes à raser fabriquées en Colombie pour le compte d'une compagnie américaine.

Éolia fronça les sourcils. L'officier chuchota, comme s'il lui livrait un secret d'État :

— La police l'a pris en filature dans les Galeries de la Pyramide. Plus exactement dans la célèbre boutique de chapeaux Norga, dont le siège est en Colombie. Ce nom, Norga, vous vous en souvenez ?

— C'est celui que j'ai entendu dans mon premier rêve. Je croyais que c'était le nom de famille de Fabrice.

Il lui adressa un clin d'œil. Éolia ajouta :

— Il s'agirait donc du nom de cette compagnie de chapeaux ! Figurez-vous, colonel, qu'avec Charlotte, cette nuit, j'ai rêvé de chapeaux. D'une avalanche de chapeaux !

— Reste à découvrir en quoi tous ces chapeaux peuvent être liés aux enlèvements d'enfants.

Avait-elle bien entendu ? Commençait-il à la prendre au sérieux ? Le colonel eut envie d'avouer à la fillette qu'au début, il n'avait pas cru en ses prétendus rêves prophétiques. Mais elle semblait si heureuse qu'il ne voulut pas gâcher son plaisir. Aussi poursuivit-il :

— La compagnie Norga possède un entrepôt de distribution dans le quartier des Moulins, où les enlèvements d'enfants se sont produits. La police y est allée.

L'air grave, Monsieur X lissa de nouveau sa longue moustache.

— Elle n'a rien trouvé, reprit-il. En fait, les policiers n'ont pas pu effectuer une fouille des lieux, car le juge a refusé de leur accorder un mandat de perquisition.

— Pourquoi ?

L'officier parut gêné.

— Lortega est soupçonné de trafic de drogue, mais rien, absolument rien ne l'associe aux chapeaux Norga. On imagine mal qu'il puisse être impliqué dans des kidnappings d'enfants. Pourtant, je ne crois pas que sa présence dans ce magasin ait été un pur hasard.

Éolia le regarda droit dans les yeux. La connaissant, le colonel songea qu'il aurait mieux fait de se taire. La limousine remontait maintenant l'avenue Frédérik Iᵉʳ, l'artère principale de Massora.

— Demain, c'est samedi, dit Éolia. Avec Frédérik, papa et maman, on doit aller au Salon de l'aviation, au palais des Congrès.

— Je sais. C'est moi qui organise votre sécurité à l'occasion de cette visite.

Éolia sourit, et cela inquiéta l'officier.

— Eh bien! Monsieur X, je viens d'avoir une idée géniale que vous allez détester! Demain, vous n'irez pas au palais des Congrès...

6

La supercherie

Le Salon de l'aviation se tenait à Massora tous les cinq ans et, comme chaque fois, les organisateurs craignaient que le nombre de visiteurs soit insuffisant.

— Mais cette année, ce sera différent ! clama la princesse Sophie pendant que la mère de Mélanie lui posait sur la tête un diadème valant à lui seul un demi-million d'euros.

Ce samedi matin, peu avant leur départ pour l'exposition, Sophie avait invité quelques journalistes au palais. La princesse s'adressa à Madame Étiquette, qui la regardait comme on regarde le dieu soleil.

— Henri a décidé d'accepter le rôle de porte-parole officiel, en l'honneur du quatre-vingt-dixième anniversaire de la création de l'armée de l'air de la Nénucie.

Sophie avait parlé fort, car elle voulait que les journalistes de la première chaîne de télé Nénucie, présents dans le grand salon doré, ne perdent pas un mot de sa déclaration. Elle ajouta à voix basse, pour la gouvernante :

— En fait, il n'a rien décidé. Vous devinez bien que c'est moi qui me suis chargée de tout. Ainsi, personne en Nénucie ne pourra dire que les membres de la famille royale ne travaillent pas.

Vêtus comme des images de mode, Éolia et Frédérik descendirent au salon pour être exposés aux journalistes comme s'ils étaient de précieux bibelots. Il se produisit alors un incident qui mit le jeune prince mal à l'aise : pour la première fois, il ne put, en prenant la main de sa sœur, deviner quoi que ce soit de son humeur du moment. De plus, Éolia n'avait pas desserré les dents depuis qu'ils étaient descendus. Le jeune prince en fut tellement contrarié qu'il répondit de travers aux questions des journalistes.

Une heure plus tard, une foule imposante accueillait la famille royale sur le seuil du palais des Congrès.

Sophie détestait les bains de foule, car elle avait l'impression que c'était lors de ces sorties que son pire cauchemar, celui de se faire enlever par des bandits, risquait le plus de se réaliser. Elle prit le bras du prince Henri, puis, souriant aux caméras, elle gravit les marches du palais à ses côtés. À force de se faire sans cesse critiquer par les journaux à scandales, la princesse croyait que les gens la détestaient. *Un coup de revolver peut retentir à tout moment,* songea-t-elle. Convaincu que l'instant était bien choisi, Henri la prit par la main. Ce geste suffirait-il à apaiser les rumeurs de séparation qui couraient à leur sujet? Derrière eux venaient Frédérik et Éolia, aussi émouvants que des figurines de Noël dans une crèche.

Le jeune prince jetait fréquemment des regards inquiets à sa sœur.

— Tu ne te sens pas bien? lui demandait-il.

Comme elle continuait à serrer les dents sans le regarder, il fronça les sourcils.

Lors de l'ouverture officielle du salon, le prince Henri prit le ciseau des mains du maire de Massora et coupa le ruban rouge. Frédérik crut que son père, si maladroit et gêné en public, aurait du mal à couper le ruban. Heureusement, il fit aussi bien que s'il était un grand coupeur de rubans.

Henri dut ensuite lire le discours d'inauguration. Quel supplice pour lui! Car s'il était bel homme, le prince n'avait pas pour autant beaucoup d'éloquence. Il préférait de loin cultiver les roses plutôt que de prendre son rôle d'héritier de la couronne très au sérieux. Sans comprendre vraiment toutes ces choses, Frédérik les ressentait, et cela le rapprochait un peu de ce papa qu'il voyait trois ou quatre fois moins souvent, par exemple, que celui que Lia appelait affectueusement «Monsieur X».

Et justement, ce Monsieur X, on ne le voyait nulle part à cette cérémonie. Ses lieutenants étaient bien cachés aux quatre coins de la vaste salle décorée d'avions grandeur nature. Il y avait aussi de nombreux policiers en civil dispersés parmi la foule des visiteurs. Mais aucune trace du colonel.

Frédérik ignorait à quel point sa sœur et le colonel étaient de grands complices. Pourtant, l'absence de ce dernier, en plus du silence d'Éolia, lui pesait sur le cœur comme un plat de ratatouille, un mets que, d'ailleurs, il détestait.

Le maire fit un discours, son père en fit un second, rallongé, il est vrai, par son bégaiement. Sophie, visiblement heureuse d'occuper le devant de la scène, entama à son tour sa propre allocution, qui fit bâiller la foule rassemblée. Malgré sa jolie voix, ce qu'elle disait à propos de l'histoire de l'aviation était franchement ennuyeux.

Lorsqu'elle eut terminé, Frédérik s'approcha de sa mère et osa la tirer par la manche :

— Maman, Lia se sent toute bizarre.

Frédérik était toujours mal à l'aise quand il s'adressait à sa mère. Devant tous ces gens bien habillés qui le dévisageaient, c'était encore pire que d'habitude. Il avala sa salive et articula :

— Dis, je peux la conduire dans un endroit tranquille ?

Tenue de se montrer douce et gentille à cause des caméras et de la douzaine de micros qu'on lui avait placés sous le nez, Sophie sourit à son fils de sept ans, si mignon avec ses cheveux châtain blond et ses yeux bleus pétillants.

Frédérik n'entendit de la réponse de sa mère que le « oui » magique qui lui donnait enfin la possibilité d'élucider l'étrange attitude d'Éolia. D'autorité, il prit la main de sa sœur. Dans les yeux de la fillette passa une lueur d'inquiétude qui raviva les appréhensions du petit prince.

Escortés par trois gardes du corps et un paparazzi flairant une bonne affaire, les enfants sortirent du hall principal.

— Quelque chose ne va pas, Lia ? lui demanda-t-il.

Plusieurs scénarios de dessins animés traversèrent l'esprit du garçon. Une bombe était-elle dissimulée sous l'estrade principale où Sophie serait maintenant des dizaines de mains? Le colonel procédait-il, avec la brigade antibombe, à une fouille complète des bâtiments? Éolia, qui était d'habitude la première informée de tout au palais, suspectait-elle un attentat?

Frédérik hésita. Deux portes s'ouvraient devant lui. Devait-il entrer dans les toilettes pour hommes ou dans l'une des petites salles de conférence privées? Après s'être assuré qu'une des pièces était vide, il demanda timidement aux gardes de ne laisser entrer personne, puis il y entraîna sa sœur.

Seul témoin, le paparazzi qui les avait suivis pénétra discrètement dans la salle voisine...

Immobile dans sa jolie robe rouge carmin et son manteau de laine blanc et or, Éolia fixait ses chaussures. La pièce contenait une douzaine de chaises, une estrade, deux gros haut-parleurs ainsi qu'un énorme écran blanc dressé contre le mur. L'inquiétude du jeune prince monta d'un cran. En temps normal, jamais Éolia ne se serait ainsi laissée conduire par son frère: elle avait bien trop de caractère pour cela.

Le garçonnet approcha son visage de celui de la fillette. Soudain il s'écarta, pâlit et ouvrit de grands yeux...

Au même instant, dans la salle voisine, Ernest Dagota, le jeune paparazzi, était perplexe. Son appareil photo pendait à son cou. Il ne trouvait aucun moyen de voir ni d'entendre vraiment ce qui se passait de l'autre côté du mur. Résolu à prendre des clichés, il approcha une chaise de la paroi et monta dessus. Se hissant sur la pointe des pieds, il tenta d'arracher la trappe grillagée d'aération qui, selon toute logique, devait communiquer avec la salle d'à côté.

Rempli d'espoir – c'est qu'il avait du flair pour trouver les bonnes primeurs! –, il parvint à passer sa tête dans le conduit poussiéreux. La semaine précédente, son rédacteur en chef l'avait félicité parce qu'il avait réussi à photographier cette vieille mégère de comtesse de la Férinière en train de boire d'une seule gorgée un énorme verre d'alcool.

Ce qui avait permis à son magazine, *L'Écho de Massora*, de titrer ironiquement ce numéro «Les domestiques de la famille royale meurent de soif». Mais sa plus grande réussite avait été cette photo du prince Henri se baladant au bras d'une jolie inconnue. Fort de ces premiers succès, Ernest Dagota comptait bien, aujourd'hui, mettre au jour un nouveau scandale.

Bien mal lui en prit, car au moment où il entendait le jeune prince Frédérik dire : «Mais tu n'es pas… », un employé du salon entra dans la pièce et le surprit. Déconcentré, Dagota tomba de sa chaise comme une masse. Ce bruit attira l'attention d'un des gardes du corps, qui le prit au collet et l'obligea à l'accompagner dans le couloir.

À la stupéfaction de Frédérik, la fillette ôta sa perruque. Apparurent alors des cheveux bruns soigneusement ramenés sur le crâne. La supercherie avait été totale, car les traits du visage, la

forme des yeux, leur couleur, la bouche et l'angle du menton étaient identiques à ceux d'Éolia !

— Mais tu n'es pas ma sœur ! s'exclama le garçonnet.

Sa perruque entre les mains, la fausse Éolia desserra enfin les dents.

— Je m'appelle Mélanie. Je suis la fille de la maquilleuse de ta… famille.

Mélanie avait hésité à tutoyer le jeune prince. Les circonstances étaient déjà suffisamment gênantes ! Elle ne voulait pas risquer de se montrer trop familière, même si le garçon avait l'air aussi effrayé qu'elle.

— Lia m'a demandé de jouer son rôle pendant quelques heures, ajouta-t-elle.

Abasourdi, Frédérik ne cessait de lui tourner autour, comme s'il avait du mal à accepter l'idée que Lia, si originale, si mystérieuse, si unique, puisse avoir un sosie. Le fait que Mélanie appelait sa sœur par son diminutif le surprit un peu.

— Mais où est Lia ?

Mal à l'aise, Mélanie évita de répondre à cette question.

— C'est un service que je lui rends.

— Mais où est-elle en ce moment ?

La pauvre Mélanie, qui remplaçait la princesse pour la première fois de sa vie, murmura d'une petite voix :

— Je ne sais pas...

Imitant le colonel de la garde quand il réfléchissait, Frédérik se mit à faire les cent pas.

— On va prévenir les gardes du corps, déclara-t-il. Ils sauront quoi faire, eux !

Mais devant le front soucieux de Mélanie, il se ravisa.

— Heu... je vais en parler à maman...

À ces mots, la jeune fille eut l'air si effrayée que le prince décida de réfléchir à une autre solution. Soudain, comme frappé par une évidence, il s'exclama :

— J'ai une bien meilleure idée !

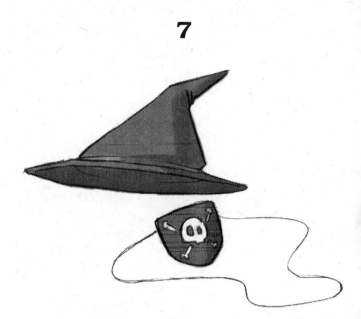

7

Dans les bas quartiers

Jamais le colonel Xavier Morano ne s'était senti aussi ridicule.

— Ridicule ! prononça-t-il en imitant le ton que la petite princesse prenait souvent quand elle se mettait en colère.

— Vous parlez de votre déguisement ou bien du gros sac que vous portez sur le dos ? s'enquit Éolia.

— Des deux. Et puis, qu'y a-t-il dans ce sac ?

— De la nourriture, des vêtements chauds et aussi des trucs pour faire des bandages.

Même s'il regrettait un peu de s'être laissé entraîner dans cette escapade *ridicule* – il avait du mal à trouver un autre mot –, le colonel reconnaissait que la fillette avait de la suite dans les idées. Dans le fond, il ne devait s'en prendre qu'à lui. La reine elle-même, qui satisfaisait pourtant tous les caprices de sa petite-fille, lui avait bien recommandé de ne pas prendre les rêves d'Éolia au sérieux.

— Vous vous demandez sûrement, Monsieur X, pourquoi nous sommes en train de marcher dans cette rue sale, au milieu de ces gens mal habillés, vêtus nous-mêmes de guenilles.

Puisqu'elle semblait tant se prendre au sérieux, il eut envie de se moquer d'elle à son tour.

— Altesse, déguisée ainsi, vous avez l'air d'une petite sorcière de carnaval.

— Chut! le réprimanda Éolia. N'oubliez pas : vous êtes mon oncle, vous devez m'appeler Éolia. Vous devez aussi me dire «tu». Sinon, ça n'aura pas l'air naturel.

— Éolia, tu veux vraiment explorer l'usine de chapeaux Norga?

La fillette se contenta de sourire. Xavier Morano, qui savait se faire craindre et respecter, n'aurait d'ordinaire jamais accepté de se laisser entraîner dans une pareille aventure. Mais ce petit bout de fille qu'il connaissait depuis sa naissance avait toujours eu le don de faire de lui ce qu'elle voulait. Voilà pourquoi il se trouvait là, déguisé en pirate, un bandeau sur un œil, du cirage sur la figure et un costume loué dans un magasin de farces et attrapes sur le dos.

— Comment passer inaperçus, accoutrés de la sorte? continua le colonel.

— C'est justement ça, l'astuce, Monsieur X!

— N'empêche que nous aurions l'air malin si un agent de police avait la brillante idée de nous demander nos papiers d'identité.

La rue était bordée d'anciens bâtiments industriels abandonnés et de grands terrains entourés de clôtures électrifiées.

— Tu crois vraiment que les enfants kidnappés ces dernières semaines pourraient être retenus prisonniers dans l'usine ?

— On peut toujours voir !

La princesse semblait s'amuser comme une petite folle avec son affreuse perruque, son faux nez et ses verres fumés. Sans parler de son costume de sorcière et de ses bottes en cuir !

Éolia salua de la main un couple de mendiants qui les dévisageaient, immobiles sur le trottoir d'en face.

À croire que nous débarquons d'une autre planète !

— Et d'après toi, ces enfants enlevés sont maltraités, ils ont faim et ils ont peur. Et tu as vu tout ça dans tes rêves !

En lui répondant par l'affirmative, Éolia revécut en pensée son aventure de la nuit précédente. Avec Bérangère, sa poupée du vendredi soir, elle s'était introduite dans la cheminée magique. Bérangère était une Française du XVIIIe siècle. Son accent très parisien plaisait beaucoup à Éolia.

— On m'a demandé de te conduire ici, lui avait confié sa poupée.

Elles s'étaient retrouvées dans ce même long boyau obscur que la fillette connaissait déjà.

— Qui t'a demandé ça ?

— Un homme déguisé en clown.

Éolia n'avait rien pu apprendre de plus. Ensuite, des coups de feu avaient retenti.

— Attention ! On nous tire dessus !

Bérangère avait haussé les épaules.

— Pas sur nous. Sur lui !

« Lui », c'était Fabrice. Dans ce rêve, le garçon se trouvait à leurs côtés dans le tunnel. Il avait gémi de douleur, puis il s'était volatilisé. Encore sous le coup de l'émotion, Éolia s'était agrippée aux tuyaux rouillés qui couraient le long du mur. En regardant sa main, elle avait hurlé d'horreur.

Ce cri l'avait ramenée dans son lit et, pendant au moins dix minutes, elle avait eu du mal à retrouver son souffle tant elle avait eu peur.

Éolia raconta son dernier rêve au colonel.

— J'avais la main pleine de sang ! Croyez-moi, Monsieur X, c'est très grave !

Si la famille royale est victime d'un attentat au palais des Congrès pendant que je fais le zigoto, ma carrière sera finie. Et ça aussi, ce sera très grave, pensa l'officier en sortant une pince d'une sacoche

98

en cuir noir. Il l'utilisa pour couper la chaîne de métal qui protégeait l'accès au monticule gazonné entourant l'entrepôt des chapeaux Norga.

Heureusement que nous sommes samedi. Il n'y aura pas d'employés dans l'entrepôt, se dit Éolia.

Le colonel n'était pas si sûr de cela...

Pourquoi je fais ça ? se demanda-t-il. *Je ne lui ai pas tout dit, moi non plus. D'ailleurs, je ne dis jamais tout. C'est une question de principe.*

C'est à cause de ses principes, d'ailleurs, qu'il avait divorcé sans avoir jamais eu d'enfant et qu'il se retrouvait, à trente-huit ans, avec son métier pour seule passion. À sa question : *Pourquoi je fais ça ?* la petite main chaude d'Éolia, serrée dans la sienne, lui fournissait une partie de la réponse. Avant qu'ils n'entrent en territoire ennemi, il la prit par le coude.

— Je ne crois toujours pas en l'existence de votre dénommé Fabrice, Altesse, et je suis sûr qu'il n'y a rien d'autre, dans cette usine, que des chapeaux. Des milliers de chapeaux, peut-être, mais simplement des chapeaux.

— On parie ?

Avant de crocheter l'une des portes latérales, le colonel sortit de sa sacoche un minuscule appareil de mesure électronique qui fit «bip! bip!» à plusieurs reprises.

— Y a-t-il un système d'alarme? s'informa Éolia.

— Un petit. Heureusement, je ne vois aucune caméra.

Éolia suivit le colonel dans l'entrepôt en se disant qu'il était drôlement gentil et courageux. À l'intérieur, la température était plus fraîche qu'au dehors. *Sans doute pour que ces fameux chapeaux ne ramollissent pas trop vite!*

Un frisson lui parcourut l'échine.

Et si, depuis le début, elle s'était trompée?

Après avoir fouillé l'entrepôt et découvert toutes les sortes de chapeaux possibles et imaginables, Éolia commença à désespérer.

— Il n'y a rien d'autre que des chapeaux. Des étagères pleines de chapeaux, des caisses et des palettes pleines de chapeaux, énuméra le colonel, un brin cynique, en caressant sa moustache.

Éolia fit une grimace. C'était comme si, subitement, elle apprenait que ses seules véritables amies l'avaient trahie. *À qui me fier si je ne peux plus croire ce que racontent mes poupées ?*

— Est-ce qu'on a vraiment cherché partout ?

La princesse avait les larmes aux yeux. Ses espoirs de retrouver les enfants enlevés partaient en fumée. L'officier s'agenouilla, sortit un mouchoir de la poche de son grand manteau, et lui essuya le visage.

— L'essentiel, maintenant, est de sortir d'ici en douceur, lui dit-il.

Car cet endroit était tout de même bien étrange : aucune caméra, un système d'alarme dérisoire, pas de chien de garde...

— Qui va là ? s'écria soudain un homme vêtu d'un uniforme.

Dans la pénombre qui régnait entre les allées d'étagères, ils aperçurent un gardien bedonnant. Le faisceau d'une lampe de poche balaya les rayons. Gêné par le gros sac qu'il portait sur l'épaule, le colonel se plaqua comme il le put contre le mur.

— Je sais qu'il y a quelqu'un ! Montrez-vous ! ordonna l'homme, d'une voix mal assurée.

Où était donc passée la princesse ?

Le colonel eut beau scruter les montagnes de boîtes, il ne vit personne.

— Psitt ! Par ici !

Éolia le guida derrière un mur composé de caisses en bois.

— Il y a une porte et un escalier, là…

Le gardien contourna le mur à l'instant même où le colonel refermait cette porte providentielle derrière eux.

Je dois avoir rêvé, pensa l'homme en grattant le haut de son crâne. *Ou alors, il y a des rats dans l'entrepôt.*

Lorsque Éolia et le colonel arrivèrent au pied de l'escalier en colimaçon, la fillette reconnut les longs tuyaux rouillés qui couraient de chaque côté de l'étroit tunnel.

— C'est un souterrain parallèle aux égouts, observa le colonel en se bouchant le nez.

Une eau stagnante et malodorante leur montait jusqu'aux chevilles.

— C'est le couloir que je vois dans mes rêves, lui répondit Éolia, les yeux brillants d'émerveillement.

8

Apparences trompeuses

Soudain, ils entendirent des gémissements d'enfants.

J'avais raison depuis le début ! Le clown qui s'est confié à Bérangère avait vu juste. Et, j'en suis certaine maintenant, Fabrice existe réellement !

Le colonel, qui avançait avec difficulté à cause de son gros sac, semblait soucieux.

— Ce souterrain n'est pas conforme aux normes municipales.

De sa petite sacoche, il sortit un plan de la ville, qu'il étudia à la lumière d'une lampe miniature dissimulée dans sa montre. Il ajouta, sans expliquer à la princesse que son plan représentait en fait la ville souterraine de Massora :

— Il n'est mentionné nulle part sur mon plan.

Ils arrivèrent devant un embranchement.

— Si je me souviens bien de mon rêve, avança Éolia, Fabrice me montrait le couloir de droite.

— Oui, mais les gémissements proviennent de celui de gauche.

— Suivons-les !

Éolia commençait à en avoir assez de patauger dans l'eau sale. Malgré tout, une excitation enfantine l'envahissait. Ce n'était pas tous les jours que quelques rêves banals faisaient progresser une enquête policière !

— Les gémissements, Monsieur X !

Le colonel colla son oreille contre la cloison humide.

— On dirait que ça vient de cette trappe grillagée, au-dessus de nous.

Les bruits se précisèrent. Il y eut des éclats de voix, comme si plusieurs personnes se disputaient. On entendait clairement une femme crier, un homme lui répondre, des enfants pleurer.

— Les enfants kidnappés! s'écria Éolia.

La jeune princesse s'attendait à... elle ne savait trop à quoi. Que faire, maintenant qu'ils avaient découvert l'endroit où les enfants étaient retenus prisonniers?

Elle sortit son téléphone cellulaire, le montra fièrement au colonel.

— C'est un modèle spécial. Même ici, il devrait fonctionner. À vous l'honneur d'avertir la police.

Le nez fourré dans sa carte, le colonel se contenta de grommeler. Éolia composa donc elle-même le numéro d'urgence de la police.

— Attendez! lui dit l'officier.

Les bruits changeaient. Les pleurs d'enfants se transformaient en des rires de grandes personnes, puis en des grognements d'animaux sauvages. Tantôt les voix étaient très fortes, tantôt on les entendait à peine. Le colonel sortit de sa sacoche une sorte d'appareil photo équipé d'un embout métallique télescopique. Après avoir dévissé le grillage de protection, il plaça cet embout dans le conduit d'aération et appuya sur un bouton. La tige métallique partit aussitôt à l'aventure, un peu comme un serpent qui se déplie.

— L'extrémité est équipée d'une microcaméra. Regardez!

La fillette approcha son visage de la petite fenêtre numérique de l'appareil.

Sur un des côtés de l'écran apparaissaient des chiffres. Huit, huit quarante, huit soixante...

— C'est la longueur de la tige métallique. Elle a une portée de dix mètres.

Ils échangèrent un regard complice. Éolia comprit alors que cet homme n'était pas un simple colonel, mais un véritable agent secret. Son cœur se serra, car une image venait d'apparaître sur la fenêtre numérique.

Elle vit un homme, ou plutôt son énorme ventre, les pattes d'un bureau et, sur ce bureau, une douzaine de petits écrans de télévision. L'homme mangeait un sandwich qui dégoulinait sur son menton trop gras.

— Nous sommes en dessous d'un bâtiment commercial.

Éolia comprit que ces minipostes de télévision étaient des écrans de surveillance. Cet homme devait donc être un agent de sécurité. Soudain les gémissements et les pleurs se firent entendre de nouveau. Éolia découvrit alors un autre téléviseur : celui sur lequel l'homme regardait... un film à la télé !

Elle se mordit les lèvres de dépit. Le colonel appuya sur un autre bouton, et la tige espionne se rétracta dans le faux appareil photo. Il n'avait pas besoin de dire à la fillette que leur aventure s'arrêtait là. Aussi, mine de rien, il affirma :

— Si nous suivons ce corridor, nous pourrons probablement rejoindre les égouts de la ville et sortir dans un terrain vague. Avec un peu de chance, nous pourrons rejoindre vos parents à l'exposition et reprendre nos places respectives.

Il se retourna et resta coi de surprise, car la princesse avait disparu.

— Votre Altesse ?

Il ramassa son sac et fit aussitôt demi-tour.

En véritable tête de mule, Éolia s'obstina et retrouva l'embranchement qu'ils avaient atteint plus tôt avant de tourner à gauche. À gauche, alors que, dans son rêve, en lui montrant le couloir de droite, Fabrice lui avait dit avec insistance : « Il faut prendre le couloir de droite. Tu te souviendras de ça ? »

Lorsque le colonel l'eut rejointe, il lui montra sa boussole numérique.

— Mais il n'y a rien d'autre que des terrains vagues, dans cette direction !

— Raison de plus pour les explorer !

Elle a raison, se dit le colonel. *Le fait que nous nous trouvions à quelques coins de rue de l'école des enfants enlevés n'est peut-être pas non plus le fait du hasard…*

Ils avancèrent pendant une dizaine de minutes. À mi-chemin, ils rencontrèrent une famille de rats. Éolia avait l'habitude des souris, car les passages secrets du palais étaient leur domaine. Reconnaissant la forme des tuyaux rouillés, elle encouragea le colonel :

— Par ici ! C'est par ici !

C'était là, précisément, que Bérangère et elle se trouvaient, en rêve, la nuit précédente. Là qu'Éolia, après avoir entendu siffler les balles, avait posé sa main contre la paroi. Là qu'elle avait vu du sang sur sa main!

— L'autre couloir, c'était une fausse piste, affirma la fillette.

Complètement abasourdi, le colonel la suivit jusqu'au bout du tunnel qui se terminait en cul-de-sac. Au fond, un grossier coffrage en bois recouvrait ce qui ressemblait à une issue.

L'officier dirigea sa montre-lampe dessus, et nota un détail qui l'intrigua.

— Ces clous sont neufs. Ce coffrage est très récent. Reculez!

S'arc-boutant contre la première planche, il la fit craquer. Une faible lueur filtra entre les planches. Le colonel y glissa sa caméra télescopique. Anxieux, ils observèrent les images défiler sur l'écran miniature.

Derrière le coffrage se profilait un corridor sombre aux murs peints en vert kaki. Fixées au plafond, de petites ampoules diffusaient une clarté rougeâtre.

— Que pensez-vous de ça, Monsieur X?

— Que cette histoire d'enfants enlevés est de plus en plus étrange. Le plus surprenant, c'est qu'au-dessus de nous, il n'y a que des champs. Aucun immeuble. Rien. Oh!

L'officier rétracta sa tige télescopique.

— Qu'y a-t-il?

— Ce couloir est truffé de caméras!

Une petite musique, celle du premier mouvement de la cinquième symphonie de Beethoven, résonna soudain dans l'étroit tunnel.

— Mon cellulaire! s'exclama Éolia, le cœur battant, en essayant d'éteindre son téléphone.

Trop tard. Les planches du coffrage sautèrent d'elles-mêmes. La lumière rouge aveugla la fillette. On la tira par le col. Déséquilibrée, elle tomba sur le sol comme un sac de pommes de terre.

— Aïe!

Un homme armé d'un long couteau la dévisageait.

— Qui es-tu, toi?

— Je vais essayer encore, dit le jeune prince.

Cela faisait maintenant près d'un quart d'heure que Frédérik et Mélanie s'étaient enfermés dans la petite salle de conférence. Postés à l'extérieur, les trois gardes du corps commençaient à s'inquiéter.

Le garçonnet recomposa le numéro de téléphone du cellulaire de sa sœur.

— C'est bizarre, Lia répond toujours, normalement…

Mélanie lui avait expliqué pourquoi elle avait accepté de se faire passer pour la princesse. D'abord, parce qu'Éolia était presque sa seule amie – elles se voyaient souvent en cachette. Et aussi parce que Mélanie voulait devenir actrice quand elle serait grande. Alors, jouer le rôle d'Éolia constituait un bon entraînement. Puisqu'elle avait réussi à berner tout le monde, même Frédérik pendant un certain temps, cela voulait dire qu'elle jouait assez bien la comédie, non?

— Je sens que Lia est en danger, répondit le jeune prince sans commenter les explications de Mélanie.

La fillette lui prit la main.

— Lia n'aimerait pas qu'on découvre qu'elle n'était pas à l'exposition. Alors, qu'est-ce qu'on fait? On retourne sans rien dire à l'exposition ou on va la chercher?

9

Poudre blanche
et autres mystères

Éolia vit briller le couteau dans la main de l'homme. Pourtant, même en cet instant, elle ne pouvait pas croire qu'elle risquait réellement sa vie.

Elle avait tort.

— Tiens, tiens, les enfants nous tombent vraiment du ciel, ces jours-ci! D'où sors-tu, toi?

Ils se dévisagèrent : elle, vêtue de sa tenue de petite sorcière, et lui, grand, mince, musclé, une figure au teint basané

115

de type méditerranéen faisant ressortir le blanc de ses yeux très bleus...

Comme elle ne répondait pas à sa question, il la saisit par le bras. Il n'eut cependant pas le temps de dire « ouf! » qu'il s'effondrait comme une marionnette, aux pieds de la fillette.

— Monsieur X! s'exclama la princesse en souriant.

— Mettez-vous contre le mur!

Le colonel considéra l'homme évanoui qu'il venait d'assommer, le prit par les chevilles et le traîna jusqu'à un grand débarras. Il le bâillonna. Puis, avec du gros fil de pêche qu'il sortit de sa sacoche, il lui lia les chevilles et les poignets. Il bloqua la porte avec une barre de fer qui traînait dans le placard.

— Explorons les lieux! décida-t-il en caressant sa moustache, signe qu'il réfléchissait intensément.

Ces souterrains formaient un véritable labyrinthe. Construits en béton armé, les murs étaient aussi épais que ceux d'une forteresse.

Tout ça pour un trafic d'enlèvement d'enfants? Vraiment étrange...

Plusieurs portes vitrées s'ouvraient sur le côté droit du mur.

— Monsieur X...

Le colonel lui mit un doigt sur la bouche.

— Chut !

Il sortit de sa sacoche son appareil photo multifonctionnel, puis débloqua un minuscule écran ; celui-ci se transforma en minicaméra vidéo. En un rien de temps, il filma une scène étonnante.

Éolia découvrit des hommes gantés vêtus de costumes taillés dans une sorte de plastique transparent. Ainsi accoutrés, ils ressemblaient à des cosmonautes. *Ou bien à des infirmiers ou à des chimistes !* Ces hommes s'activaient derrière des machines et des tubes en verre contenant une poudre blanche.

— Trafic de cocaïne, murmura le colonel entre ses dents. Le dénommé Lortega est bel et bien impliqué, et jusqu'au cou.

Des pas dans le couloir firent sursauter la princesse. Elle tira le colonel par une manche.

— On vient !

Il lui fit signe de se replier. Deux hommes armés approchaient. Le colonel crut les entendre se parler en espagnol. Il pensa aussitôt à la Colombie. Il se dit que c'était un pays bien loin de la Nénucie. Et, puisque le but des ravisseurs semblait d'implanter un trafic de cocaïne sur le continent européen, pourquoi avoir enlevé des enfants ?

Toujours de sa merveilleuse sacoche, il sortit deux petites billes noires qu'il fit rouler sur le sol. Aussitôt, il ferma les yeux et se boucha le nez. Les deux billes heurtèrent les pieds des gardes, puis elles éclatèrent en libérant un gaz somnifère qui endormit les deux hommes en quelques secondes. Après les avoir enfermés à leur tour dans le débarras, Monsieur X se tourna vers Éolia. Celle-ci, qui s'était également bouché le nez au bon moment, semblait tout excitée par l'aventure.

— Vous aviez raison, Altesse. La situation est grave. Retrouvons les enfants et partons d'ici au plus vite.

La chance leur souriait enfin. Guidés par de vraies plaintes, cette fois, ils découvrirent rapidement la cellule où étaient retenus les enfants enlevés. La serrure ne résista pas longtemps aux gadgets du colonel.

— Je passe le premier ! s'écria l'officier.

Bien mal lui en prit car, aussitôt entré, il s'écroula comme une masse, sonné par un violent coup à la tête.

Éolia faisait face à un demi-cercle d'enfants aux mines farouches. Le garçon qui venait de frapper le colonel était âgé d'une douzaine d'années. L'œil menaçant, il tenait à deux mains un gros bâton. La fillette ajusta sa perruque et s'accroupit près de Monsieur X.

— En voilà des manières ! On vient vous délivrer, et ce que vous trouvez de mieux à faire est d'assommer mon oncle !

Elle avait besoin de sa trousse de premiers soins, mais le grand sac que portait le colonel était resté dans le tunnel.

— Qui es-tu ? lui demanda le garçon qui tenait le bâton.

Comme elle le faisait souvent quand elle était contrariée, elle répondit par une autre question :

— Où est Fabrice ?

En entendant ce nom, les enfants baissèrent la tête. Éolia commençait à s'impatienter.

On bougea dans le groupe. Une fillette craintive s'approcha d'elle. Les cheveux longs et bruns, les joues rondes, elle devait avoir cinq ou six ans.

— N'aie pas peur. Comment t'appelles-tu ?

— Babette.

— C'est un très joli nom. Moi, c'est...

Le colonel, qui venait de reprendre connaissance, intervint juste à temps.

— Fabrice nous envoie, déclara-t-il. N'ayez plus aucune crainte. Ce soir, vous dormirez dans votre lit.

La petite Babette tremblait. Était-ce de froid – il faisait pourtant assez chaud dans la pièce – ou bien de fièvre ?

— Fabrice, c'est mon grand frère.

Éolia redressa son faux nez, car il commençait à se décoller. Le garçon au bâton s'approcha à son tour.

— C'est notre chef, mais il n'est plus ici.

— Il a réussi à s'enfuir, n'est-ce pas? poursuivit Éolia, qui avait appris cela dans son premier rêve de la bouche même du fugitif.

— Les gardes l'ont rattrapé. Ils nous ont dit qu'ils l'avaient puni. Depuis, on ne sait plus rien.

Babette se mit à pleurer.

— Ce n'est pas vrai! Ce n'est pas vrai! Il s'est échappé, je vous dis!

Éolia la prit dans ses bras.

— Le plus urgent, Alt... heu, mademoiselle, se reprit le colonel, c'est de déguerpir d'ici. L'endroit est très surveillé. Je suis surpris qu'ils n'aient pas encore découvert notre présence.

— Fuyons en empruntant le passage bloqué par les planches, proposa Éolia.

— Ces enfants sont trop faibles. Certains ont de la fièvre. Ils ne pourraient pas nous suivre.

L'officier réfléchissait au problème qu'il venait de soulever quand la porte tourna soudain sur ses gonds et se referma brusquement. Fâché de ne pas avoir prévu le coup, Monsieur X s'arc-bouta contre le battant. En vain. Un guichet de la taille d'une main s'ouvrit dans la porte. Deux yeux noirs malicieux apparurent. Le colonel n'en douta pas un instant : ces yeux-là appartenaient au fameux Felipe Lortega.

— Tiens, tiens ! se moqua une voix teintée d'un accent espagnol. Nous avons des visiteurs supplémentaires. Des espions ? Des policiers ?

Suivit un déluge de mots qu'ils ne comprirent pas, mais dont ils devinèrent le sens : le chef de la bande était en train de passer un savon à ses complices.

Nous sommes perdus, se dit Éolia.

10

La prise d'otage

L'homme qui entra dans la cellule n'était pas Felipe Lortega. Accompagné de deux bandits armés, il se planta devant le colonel, qui ressemblait tout à fait à un mendiant.

Ils se demandent ce qu'ils vont faire de nous, songea Éolia en se collant contre l'officier.

— Qui êtes-vous ? leur demanda l'homme.

La fillette sentit la grosse main chaude du colonel posée sur son épaule. Elle se dit qu'un homme comme Monsieur X allait fusiller ces brigands du regard, leur donner un ordre comme il en avait l'habitude, au palais, et que cette affaire allait être réglée d'un simple claquement de doigts.

— Mais… heu… je ne comprends pas, répondit plutôt le colonel en prenant une voix de fausset. Nous nous promenions dans les égouts, ma nièce et moi, et…

Éolia faillit en tomber à la renverse. Monsieur X avait écarquillé les yeux. Avec sa fausse moustache qui remontait en demi-lune sur ses joues noircies au cirage, il avait vraiment l'air d'un simple d'esprit.

— Reculez, tous ! s'exclama alors le chef des trafiquants. Je veux voir vos mains. Surtout toi, l'idiot !

En semant une brève confusion, la ruse du colonel lui permit de faire passer Éolia à l'abri derrière lui. Dans leur coin, apeurés, les enfants baissaient de nouveau les yeux.

— Maintenant, jette l'arme que tu as prise à mon garde. Toi, petite, approche!

Comme Éolia hésitait à quitter l'ombre rassurante du colonel, un des gardes mit celui-ci en joue. Puisqu'elle n'avait plus le choix, la princesse obéit, mais heurta malencontreusement le coude du colonel, ce qui fit glisser son chapeau et sa perruque. Comme son faux nez pendouillait déjà, elle se débarrassa complètement de son déguisement. Puis elle fixa le bandit avec arrogance.

— Petite insolente! tonna celui-ci.

Les yeux étincelants de colère, il leva le bras, prêt à la gifler.

— Attends! lui ordonna un homme qui, jusque-là, était resté en retrait.

Le nouveau venu était vêtu d'un costume noir et coiffé d'un feutre assorti. Il portait une cravate d'un blanc immaculé et des souliers vernis. Ses verres fumés conféraient à son visage maigre un air cruel qui donnait froid dans le dos.

Le colonel reconnut le dénommé Felipe Lortega. Le chef des trafiquants dévisageait la jeune princesse.

Encore quelques secondes, songea le colonel, *et il est bien capable de la reconnaître!*

Heureusement, des bruits de bottes retentirent dans les corridors et des soldats de la garde royale envahirent le repaire des trafiquants. Profitant de l'effet de surprise, le colonel désarma le bandit le plus proche. Aussitôt, Lortega brandit un couteau à cran d'arrêt qu'il plaça sous la gorge d'Éolia. Il y eut quelques secondes de flottement, durant lesquelles chacun retint son souffle.

Agrippant fermement Éolia par l'épaule, le Colombien fit un pas en arrière. Le regard du colonel était aussi froid que de la pierre. Il leva une main. Ses propres soldats obéirent et baissèrent leurs armes.

Lortega eut un sourire cynique. En maintenant toujours Éolia par le col de son chandail, il recula lentement jusqu'au coffrage qui donnait accès au tunnel. À l'instant où il s'apprêtait à y faire monter la fillette, celle-ci lui mordit le poignet. Son couteau tomba par terre.

Le colonel se précipita.

Mais il était déjà trop tard. Plus rapide qu'un mulot, Lortega venait de disparaître dans le passage.

— Bien joué ! s'écria Monsieur X en ramassant l'arme.

Un lieutenant s'approcha et se mit au garde-à-vous :

— Le périmètre est sécurisé, mon colonel.

— Menottez les bandits puis repliez-vous par les égouts. Avez-vous prévenu les autorités ?

Le lieutenant acquiesça du chef. Ils échangèrent un regard de connivence.

— Laissons la police mettre toute la bande sous les verrous, ajouta le colonel.

Éberlués, les enfants poussèrent des hourras. La petite Babette s'approcha d'Éolia, qui restait cachée dans l'ombre du colonel. Elle lui demanda :

— Dis, pourquoi tes cheveux ne sont plus pareils ?

Éolia la prit tendrement par les épaules.

— Chut ! C'est un secret. Et ne t'inquiète pas pour ton frère. Je te promets qu'on va le retrouver. N'est-ce pas, col... heu, mon oncle ?

— Parfaitement. Les policiers vont arriver d'un instant à l'autre. Tu iras avec eux, Babette.

Puis le colonel souleva la princesse dans ses bras. Ils suivirent le couloir principal et arrivèrent au pied d'un escalier en métal. Au beau milieu des marches qui grinçaient, ils croisèrent un détachement de policiers. Éolia cacha son visage dans les plis du manteau du colonel. Personne ne les arrêta.

L'escalier débouchait sur un petit vestibule aux murs de béton. L'accès à la base souterraine était dissimulé sous un amoncellement de rochers. C'est en se faufilant par un étroit passage qu'ils atteignirent l'ouverture, elle-même camouflée par des arbustes de genévriers.

Quand le soleil d'après-midi baigna à nouveau le visage d'Éolia, elle se rendit compte qu'ils se trouvaient en bordure d'un terrain vague, à environ trois cents mètres des bâtiments de la société de chapeaux Norga.

— Monsieur X, il va falloir que vous m'expliquiez pourquoi vos soldats et la police sont arrivés aussi vite.

L'officier sourit. Éolia trouva qu'il avait fière allure avec ses dents blanches et sa moustache qui lui barrait le dessous du nez. Mais elle l'admirait surtout pour son courage. Elle fut un peu triste de ne pas pouvoir éprouver autant d'admiration pour son propre père…

En apercevant la limousine blanche qui les attendait, elle poussa un hourra retentissant. Les yeux écarquillés, un attroupement de flâneurs tournaient autour d'elle. Monsieur X montra du doigt les quatre gardes juchés sur leurs motos.

— Votre escorte, princesse !

— Vous n'avez toujours pas répondu à ma question !

Au moment où le chauffeur lui ouvrait la portière arrière, un des passants s'approcha. Éolia crut qu'il voulait lui demander un autographe. Sans prévenir, l'homme sortit de sous son manteau un appareil photo. Le flash l'aveugla. Elle poussa un cri. Puis le paparazzi sauta sur une moto conduite par son complice.

— La photo ! s'écria le colonel.

Il poussa la princesse dans la limousine et ordonna au chauffeur de démarrer en trombe.

Les cheveux au vent, Ernest Dagota jubilait. Son collègue ignorait pourquoi, subitement, ils étaient pris en chasse par une limousine du palais royal.

— Fonce ! lui avait crié Ernest.

En début d'après-midi, lorsqu'un des gardes du corps l'avait jeté hors de la salle de conférence, le photographe était resté aux aguets. Il avait suivi de loin le prince Frédérik et sa sœur qui sortaient de la salle. D'un point de vue journalistique, la scène était en elle-même intéressante, mais pas autant que le visage de la princesse.

Dagota connaissait parfaitement chaque membre de la famille royale. Il ne pouvait dire quoi au juste, mais quelque chose clochait aujourd'hui. La chevelure de la princesse avait légèrement glissé de côté. Il avait pris plusieurs clichés d'elle. Puis, agacé par ce détail qu'il n'arrivait pas à s'expliquer, il avait regagné le parterre de journalistes qui n'en finissaient pas d'endurer des discours assommants.

Un peu plus tard, deux de ses collègues branchés en permanence sur la fréquence radio de la police avaient entendu le quartier général ordonner à huit patrouilleurs de se rendre de toute urgence dans la banlieue nord de la ville.

Devançant ses collègues, Ernest avait réquisitionné son beau-frère et sa moto.

Je tiens ma primeur ! se dit-il en s'accrochant à son complice…

— Ces paparazzis, quelle bande de hyènes ! s'exclama le colonel tandis que la limousine abordait chaque nouvelle courbe en faisant crisser ses pneus pour ne pas perdre de vue la moto du photographe.

— Colonel, ce paparazzi, vous croyez que…

— Il ne vous a pas ratée. Si cette photo est publiée, nous aurons du mal à expliquer comment vous pouviez être à deux endroits en même temps.

Éolia se mordit les lèvres.

— Aïe ! J'entends déjà les cris de Madame Étiquette et ceux de ma mère…

Remarquant que les quatre motos de son escorte ne roulaient pas à leurs côtés, elle s'étonna.

— Où sont vos hommes ?

— Vous n'avez jamais vu de western, Altesse ?

Éolia trouva cette remarque impertinente dans les circonstances. Monsieur X se payait-il sa tête ? Très vite, cependant, alors que la limousine filait à cent à l'heure sur un boulevard bordé d'immeubles délabrés, elle vit les motards de la garde royale emprunter les rues adjacentes.

— Ça s'appelle la technique de la sardine, expliqua l'officier.

Éolia ne comprit vraiment l'ingéniosité de cette méthode qu'au moment où, après avoir traversé une enfilade de ruelles, l'engin du paparazzi se retrouva coincé par les policiers à moto.

Le colonel jaillit du véhicule et arracha l'appareil des mains du photographe.

— Vous n'avez pas le droit ! s'écria celui-ci, rouge de colère.

— Fouillez-les tous les deux ! ordonna l'officier à deux de ses gardes.

Il ouvrit le ventre de l'appareil numérique et en retira la carte à puce. Il espérait que le paparazzi n'avait pas eu le temps de la lancer à un de ses complices avant de la remplacer par celle qu'il tenait maintenant dans la paume de sa main. La chose s'était déjà produite dans le passé, et le palais royal avait été mis dans l'embarras.

— Je... je vais porter plainte! bafouilla le jeune paparazzi. C'est une atteinte à la liberté de la presse!

Depuis longtemps, Éolia avait appris à se méfier de ces faiseurs de scandales. Elle baissa sa vitre et s'écria, aussi en colère que le photographe lui-même:

— Et ma liberté, à moi?

Après s'être assuré que personne n'avait été témoin de cette scène, le colonel remonta en voiture. Ils avaient frôlé la catastrophe, mais l'arrestation de cette bande de trafiquants et de kidnappeurs d'enfants en valait la peine.

Pas trop mal pour une enquête basée sur quelques rêves, se dit le colonel en souriant à la princesse.

— Dites-moi, Monsieur X, et ma question de tout à l'heure? Comment se fait-il que vos hommes soient arrivés juste au bon moment?

11

L'Ambassadeur
de lumière

Après la poursuite du paparazzi,
Éolia était rentrée au palais en cachette,
où elle avait retrouvé son amie Mélanie.

— C'est Frédérik qui a tout découvert! lui avait révélé son sosie. C'est lui
qui t'a appelée sur ton cellulaire!

— Oui. Et ça a bien failli très mal
tourner!

— Nous étions si inquiets ! Ensuite, Frédérik a posé plein de questions aux gardes du colonel, mais ils prétendaient ne rien savoir.

Le soir, pendant le repas pris en famille en compagnie d'un diplomate italien, Éolia songeait avec délice à sa journée passée avec le colonel. Comme toujours, Sophie se plaignait de tout : il avait fait trop chaud sous les projecteurs, son mascara avait coulé, les flashes des photographes l'avaient à moitié aveuglée.

Henri, le père d'Éolia, parlait sans arrêt de la culture de ses roses à la femme du diplomate, qui tentait de dissimuler ses bâillements d'ennui.

— Tu as été parfaite aujourd'hui, Lia, la félicita sa mère. Tu t'es montrée sage et silencieuse, discrète, digne d'une princesse. Tu nous as fait honneur, pour une fois !

La fillette faillit éclater de rire tandis que Frédérik avalait sa soupe de travers.

Après le repas, Éolia et Frédérik se rendirent dans les appartements du roi, où leur grand-mère les avait invités à passer le reste de la soirée.

Comme ils marchaient dans un long couloir lambrissé de bois précieux, Éolia dit à son jeune frère :

— Mélanie t'a trouvé formidable ! Je suis fière de toi.

Le garçonnet leva sur elle un regard rempli d'adoration. Il avait eu très peur cet après-midi. Malgré tout, il avait apprécié cette expérience excitante et pleine de mystères. Mais il savait qu'il était inutile de demander des explications à sa sœur. Elle était bien trop secrète pour tout lui dire maintenant. Peut-être qu'un soir, avant d'aller au lit, elle lui raconterait à l'oreille sa drôle de journée !

Un majordome leur ouvrit la porte. Ils passèrent dans une antichambre, puis dans un grand salon qui était autrefois la salle des gardes de Sa Majesté.

— Il y a cent cinquante ans, il arrivait que les gardes se battent les uns contre les autres pour s'entraîner, expliqua Éolia en montrant à son frère, sur les plinthes, des marques de coups d'épées.

La reine vint au-devant de ses petits-enfants pour les embrasser. Puis, comme elle voulait se retrouver en famille, elle ferma la porte du grand salon au nez du majordome.

Elle échangea avec Éolia un long regard complice.

Peut-être que Monsieur X lui a déjà fait un rapport sur notre aventure, et qu'elle veut me gronder.

Vêtus de robes de chambre, ses grands-parents ne ressemblaient guère aux photos qu'Éolia voyait d'eux dans les journaux, dans les magazines et sur les murs de sa salle de classe. Le soir, une fois terminés les dîners officiels en compagnie de politiciens ou de vedettes de l'écran, ils redevenaient grand-père et grand-mère, tout simplement. Ils buvaient de la tisane – le roi, quant à lui, se servait généralement un savoureux petit porto blanc sur glace – et, comme tous les Nénuciens à cette heure-là, ils regardaient la télévision. Plus précisément, les nouvelles du soir.

— Un seul sucre, Lia? lui demanda sa grand-mère.

La fillette hocha distraitement la tête, car le présentateur parlait de la fin de l'enquête sur les enlèvements d'enfants. Elle sauta sur le canapé et se blottit contre son grand-père.

138

«À la suite d'un appel anonyme, les forces de police de Massora ont cerné un entrepôt de chapeaux situé dans la banlieue nord de la ville. Ils ont réussi à mettre au jour plusieurs caches souterraines où toute une équipe de malfaiteurs traitait et empaquetait de la cocaïne destinée au marché européen.»

L'envoyé spécial, qui transmettait son reportage en direct des souterrains dans lesquels Éolia avait passé une partie de l'après-midi, dialoguait avec son collègue resté en studio.

«Le réseau d'enlèvements d'enfants s'est donc révélé une fausse piste donnée en pâture à la presse par les services de police!» déclara le présentateur d'un ton acide.

Éolia vit son grand-père grimacer : les médias ne perdaient jamais une occasion de dénigrer les forces de l'ordre.

«En fait, Richard, répondit l'envoyé spécial, les enfants semblent n'avoir été kidnappés que parce qu'ils jouaient dans le coin. Ils auraient ainsi découvert par hasard le repaire des trafiquants de drogue. Les enfants eux-mêmes, interrogés plus tôt en soirée, reconnaissent que leurs ravisseurs ne savaient pas que faire d'eux. »

« Revenons aux circonstances qui ont permis à la police de démanteler tout le réseau. »

« Un coup de chance, Richard ! Mais un butin impressionnant. Plus de cent kilos de drogue pure. On pense que la marchandise provenait de Colombie et transitait dans des caisses de chapeaux. »

« Ceux de la compagnie Norga ? »

« Exactement. »

Suivirent des images filmées par l'équipe accompagnant la police. La jeune princesse éclata de rire en voyant Felipe Lortega fuyant la police jusque dans les entrepôts Norga. Puis ce même Lortega tombant dans un caisson plein de chapeaux. Le « pauvre » en était littéralement submergé. Il se noyait presque quand deux policiers le tirèrent par le col de sa chemise et le sortirent de son embarras.

Exactement ce que j'ai vécu avec Fabrice dans mon rêve de chapeaux !

Sa grand-mère croisa son regard.

Oh ! oh ! se dit la fillette.

La suite du reportage, en effet, n'était guère rassurante...

«À la lumière des témoignages recueillis, Richard, poursuivit l'envoyé spécial, un mystère subsiste. Les enfants parlent d'un homme déguisé en pirate et d'une jeune fille costumée en sorcière. D'après les témoins, ce sont eux qui auraient délivré les enfants. La police ne serait intervenue que plus tard. Selon leur habitude, les autorités refusent d'émettre tout commentaire à ce sujet. Mais nous ne perdons pas espoir d'en apprendre davantage dans les prochains jours. »

— J'espère bien que non ! s'écria Éolia.

La reine lui servit de ses excellents biscuits aux pacanes et aux brisures de chocolat qu'elle adorait, car ils fondaient dans la bouche.

— Bien entendu, le colonel nous a fait un rapport complet, lui dit son grand-père.

Éolia arrêta de mâcher son biscuit. Passionné par toute cette histoire, Frédérik, étrangement silencieux, était tout ouïe.

— Quand je pense que nous devons à tes rêves cette grande victoire sur un baron de la drogue, ma chérie, j'arrive à peine à y croire ! ajouta la reine.

— Le colonel a fait preuve d'une grande intelligence dans cette affaire, renchérit le roi en se servant un second verre de porto. Lia, obliger le colonel, qui est également le chef de mes services secrets, à se déguiser en pirate : il n'y a que toi pour avoir des idées pareilles !

Éolia les regarda à tour de rôle : ils riaient. Elle n'eut aucun mal à deviner, cependant, qu'ils avaient eu peur de la perdre. Et si, comme son grand-père l'avait mentionné, le colonel n'avait pas pris toutes les précautions nécessaires, ils n'auraient sûrement pas été, ce soir, d'aussi joyeuse humeur.

Éolia se remémora les explications que lui avait données Monsieur X dans la limousine, juste après avoir coincé le paparazzi.

— Depuis notre arrivée dans le quartier des Moulins, Altesse, j'étais en contact radio avec une escouade de soldats du palais stationnée non loin de l'entrepôt Norga, lui avait-il dit en lui montrant un minuscule communicateur en forme de bouton accroché au col de son costume. Mes hommes étaient au courant de notre progression. Mais lorsque nous avons découvert le repaire des trafiquants, nous avons perdu le contact, sans doute à cause des parois en béton. Il a fallu que j'appuie plusieurs fois sur mon bouton d'alarme avant qu'ils ne viennent à notre secours. Princesse, je vous félicite pour votre sang-froid et votre courage !

— Monsieur X, vous êtes un génie ! s'était exclamée la petite princesse.

Un détail, pourtant, la gênait, et elle lui en fit part. Quand elle lui avait parlé de ses rêves, le colonel ne disposait d'aucun indice pour prendre ses bavardages au sérieux.

— Vous m'aviez donné le nom de la compagnie Norga, lui répondit-il.

— Je croyais que c'était le nom de famille de Fabrice !

— J'avais fait vérifier. Il existe bien un Fabrice Norga en Nénucie, mais il a plus de soixante-quinze ans, alors j'ai écarté cette piste. De plus, la police, qui soupçonnait Lortega de trafic de stupéfiants, l'avait déjà filé jusque dans le magasin de chapeaux de cette compagnie.

— Pourquoi souris-tu aux anges, Lia ? lui demanda la reine.

— Hum… c'est mon secret, grand-mère !

Elle souriait, en effet, car le colonel lui avait avoué une chose incroyable. Lui aussi avait fait un rêve, la nuit précédente. Comme il n'en faisait presque jamais, il avait trouvé cela étrange. Dans son rêve, il était poursuivi… par des milliers de chapeaux ! Ces chapeaux lui criaient qu'Éolia avait raison, que la solution de cette énigme se trouvait dans les entrepôts de la compagnie Norga, et qu'il fallait agir vite !

— Lia, regarde…, intervint le roi en lui montrant une dizaine de feuillets dactylographiés. C'est le rapport de la

comtesse sur, je cite : « la complicité sus-
pecte et anormale existant entre la
princesse Éolia et le colonel de la garde ».
Que dois-je faire de ce rapport, Lia ?

— Si on faisait comme on le fait
toujours avec les rapports de Madame
Étiquette ? Des confettis !

Cette proposition fit rire tout le monde.
Le roi prit sa petite-fille par la main.

— Demain, je passerai un coup de fil
au premier ministre. Nous garderons
ton intervention secrète.

— Tu ne diras rien à maman ?

— Je te le promets !

— En tout cas, ajouta la reine, elle
a été très contente de la façon dont tu
t'es conduite, aujourd'hui, au palais des
Congrès.

— Ouais, rétorqua Éolia. Je crois
qu'elle a surtout besoin d'une paire de
lunettes. Mais ça non plus, s'il vous plaît,
ne le répétez pas.

Ses grands-parents, à qui elle avait
aussi avoué le rôle de Mélanie dans cette
histoire, lui en firent le serment.

Après le journal du soir, la chaîne de
télé diffusa le vieux western que le roi
attendait avec impatience. Pourtant,
avant que Clint Eastwood n'envahisse

l'écran, le roi se pencha vers sa petite-fille :

— Lia, jure-moi que c'est la dernière fois que tu prends des risques pareils.

La fillette, qui s'était follement amusée, fit la moue, puis elle répondit qu'elle ne pouvait pas lui faire ce genre de promesse. Ce qui fit dire à la reine qu'il faudrait, à l'avenir, prêter davantage attention à ses rêves.

Malgré sa joie, Éolia se sentait un peu triste. Le journal du soir n'avait pas tout dit. En vérité, le plus important, pour elle, restait en suspens.

Qui était Fabrice ? Où était-il à présent ? Existait-il réellement ? Si oui, pourquoi n'était-il pas avec les autres enfants ?

Pour obtenir des réponses à ses questions, Éolia mit tous ses espoirs dans Maïko, sa poupée du samedi soir. Elle n'était pas certaine de pouvoir obtenir la totale coopération de Maïko, parce que celle-ci était du genre frondeuse, indépendante et imprévisible.

D'abord, elle eut un mal fou à s'endormir. *Les rêves sont aussi timides que des écureuils dans un parc: plus nous cherchons à les apprivoiser, plus ils se moquent de nous.*

Enfin, elle rêva qu'elle marchait vers la grosse cheminée de sa chambre. Comme elle ne voulait pas que sa poupée salisse son joli kimono blanc dans la suie, elle la prit dans ses bras. Puis elles pénétrèrent sous le manteau. Aussitôt, Éolia se retrouva dans un ascenseur dont les parois semblaient faites de lumière liquide.

Intriguée, elle toucha cette lumière. C'était tiède et doux comme quand elle prenait un bain et que les bulles de mousse éclataient entre ses doigts. Lorsque l'ascenseur arriva à destination, Maïko se plaignit qu'elle avait la tête qui tournait, ce qui était normal à cette altitude.

— Regarde, il y a une fête! s'écria Maïko.

La poupée japonaise avait raison. Elles étaient assises dans une sorte d'amphithéâtre rempli de monde. Les gens parlaient fort, riaient, et mangeaient des saucisses et des pistaches grillées. Un bouquet d'odeurs de viande et de barbe à papa chatouillait les narines d'Éolia. Des notes de musique discordantes avaient du mal à percer le vacarme. Plusieurs projecteurs suivaient à la trace un clown qui gesticulait, au centre de la piste, en tirant sur ses énormes bretelles.

— Nous sommes au cirque ! se réjouit Éolia.

Maïko haussa les épaules.

— Bien sûr ! Attends-moi là, je vais chercher de la barbe à papa.

Éolia pensa que Maïko était bien effrontée de la planter là. Comme si c'était elle, la vraie petite fille ! Soudain, la princesse reconnut le garçon assis à ses côtés. Bizarrement, il ne cessait d'applaudir le clown, même lorsque celui-ci ne faisait rien de drôle.

— Fabrice ! s'exclama-t-elle joyeusement.

Il avait l'air si différent, avec sa chemise à carreaux rouge et noir et son jeans fraîchement lavé, qu'elle se demanda s'il s'agissait du même garçon.

— Bonsoir, Éolia.

Il lui offrit un cornet d'arachides grillées nappées de chocolat.

— Qui est-ce? demanda-t-elle en montrant le clown du doigt.

— L'Ambassadeur. Depuis le début, c'est lui qui m'a aidé.

Voici donc cet homme mystérieux qui parle à mes poupées dans mon dos!

— Mais qui est-il?

— Il te le dira lui-même. Tu sais, tu as été formidable. Sans toi, ma sœur et les autres seraient encore prisonniers.

Éolia réfléchit à toute allure. Maïko revenait avec deux énormes barbes à papa, qu'elle tenait maladroitement dans ses mains de porcelaine. *Fabrice sait-il qu'il est en train de rêver? Ce n'est pas facile de rêver et, en même temps, de savoir qu'on rêve. Ce qui est sûr, c'est que nous faisons le même rêve, lui et moi.*

Assis côte à côte, ils riaient des pitreries de celui que les gens, ici, appelaient l'Ambassadeur. Éolia offrit à Fabrice des pincées de sa barbe à papa. Elle s'esclaffa en voyant le sucre coller aux joues du garçon. Malgré sa joie, elle se sentait un peu mal à l'aise d'être vêtue d'une simple chemise de nuit. Mais, après tout, cela n'avait pas d'importance car, autour d'elle, beaucoup de gens étaient en pyjama.

150

Ils doivent rêver, eux aussi!

Elle se posait ainsi mille questions quand elle se rendit compte que Fabrice n'était plus assis à ses côtés. En bas, au milieu de la piste, sous les projecteurs, il jonglait avec des abricots, des pommes et une banane.

Mais alors, qui était assis à sa droite avec sa barbe à papa dans la main?

— Vous! lança Éolia, stupéfaite.

— Bonsoir, petite princesse.

— Vous êtes un magicien?

Le clown lécha le sucre qui durcissait sur ses doigts.

— On peut dire les choses comme ça. Comment as-tu aimé ton aventure?

— Si vous parlez des tunnels sombres et des ravisseurs d'enfants, c'était sen-sa-tion-nel!

— C'est bien. Je savais que tu apprécierais les sensations fortes, ajouta-t-il en riant, car Fabrice, très maladroit, risquait à tout moment de laisser tomber ses fruits.

— Vous saviez que j'aimerais ça?

— C'est pour cette raison, entre autres, que je t'ai choisie.

— Mais qui êtes-vous, au juste, sous votre masque de clown?

— Disons que je veille sur la Nénucie.

— Comme une sorte d'ange protecteur?

Gêné par cette comparaison qu'il jugeait trop flatteuse, il pouffa de rire à s'en étirer les bretelles.

— On peut aussi dire les choses comme ça. L'important, pour moi, c'est d'avoir un contact dans ton monde. Éolia, tu es intelligente, débrouillarde et tu as une certaine influence sur les adultes. Acceptes-tu de devenir ma petite princesse de lumière?

— Qu'est-ce que j'aurais à faire?

Maïko écoutait avec attention.

— Tu n'as qu'à accepter que je t'envoie, de temps en temps, des rêves magiques comme ceux de cette semaine. Ces rêves te mettront sur la piste d'injustices commises dans ton royaume.

À voir les yeux brillants de Maïko, Éolia se dit que sa poupée serait enchantée d'être, elle aussi, une princesse de lumière.

Mais c'est sans doute uniquement réservé aux vraies petites filles.

La foule rit plus fort car Fabrice, décidément peu doué, lançait les fruits en l'air n'importe comment.

L'Ambassadeur de lumière attendait une réponse. Ses lèvres peintes en rouge s'étiraient doucement et ses yeux pétillaient de tendresse. La fillette eut encore une fois l'impression que, dans le monde des rêves, il était possible d'éprouver beaucoup d'affection pour des gens que l'on ne connaissait absolument pas.

— Je comprends que tu aies besoin de réfléchir avant de me donner ta réponse, lui dit le clown. Cela prouve que tu prends ma proposition très au sérieux, et je t'en remercie. Tu es contrariée, n'est-ce pas ? Aurais-tu quelque chose d'important à me demander ? s'enquit-il en voyant l'air troublé de la fillette.

Éolia hésitait, en effet, à lui confier ce qui la tracassait.

— La dernière fois que j'ai vu Fabrice, il saignait et il avait très peur. Maintenant, il a l'air si heureux.

— Tu veux savoir ce qui lui est arrivé ?

Le cœur battant, elle attendait la réponse de l'Ambassadeur de lumière. Elle vit ses lèvres remuer, mais elle ne put rien entendre, car non loin d'eux un musicien équipé de grosses cymbales provoqua tout à coup un boucan d'enfer. Cet incident la mit très mal à l'aise. Elle pensa qu'il s'agissait d'un mauvais présage. Quelque chose de terrible était-il arrivé à Fabrice ?

12

Fabrice

Éolia eut l'étrange impression de rater une marche, puis de tomber comme une pierre dans son lit. Son cœur bondit dans sa poitrine. Elle ouvrit grand les yeux, très en colère de n'avoir pas pu entendre la réponse de l'Ambassadeur.

La nuit se changeait doucement en jour. Un instant, elle admira le mince rayon de lumière qui se glissait dans sa chambre par les rideaux entrouverts.

Une voix d'homme murmura à son oreille :

— Votre Altesse ?

Elle se redressa d'un bond sur ses oreillers.

— Monsieur X?

Le colonel avait l'air songeur.

— Quelle heure est-il? demanda-t-elle en s'étirant.

— Je sais où se trouve Fabrice Demonti. Demonti, c'est son vrai nom de famille.

Le colonel, qui était toujours le premier à vouloir protéger l'identité d'Éolia, lui demanda d'enfiler des habits modestes et de le suivre. Sur le coup, elle n'y prêta pas attention, mais Monsieur X avait l'air pressé. De plus, il n'arrêtait pas de gratter sa moustache. Sentant qu'elle était inquiète à l'idée de quitter le palais en catimini, il la rassura :

— Nous serons rentrés avant que la comtesse ne vienne pour vous réveiller.

Ils sortirent du palais en empruntant les passages secrets.

La ville était grise et embrumée, en ce dimanche matin. Le soleil aussi semblait fatigué. Ses rayons avaient du mal à faire un trou dans le brouillard humide qui mangeait les toits des grands immeubles.

Les réverbères de l'avenue Frédérik Ier n'éclairaient pas plus que de petites lucioles. Les éboueurs faisaient leur tournée pendant que quelques automobilistes matinaux prenaient d'assaut l'avenue presque déserte et la transformaient en piste de course. Éolia et le colonel roulaient à bord d'une vieille Peugeot aux pare-chocs rouillés. Éolia eut une idée inquiétante.

Le colonel, qui dans ce cas serait un faux colonel, est en train de m'enlever. Dans quelques heures, ce kidnapping royal fera la une de tous les journaux.

Au même instant, elle crut voir une partie de la moustache du colonel se détacher de sa lèvre supérieure. Mais c'était sans doute son imagination!

— Pourquoi n'avons-nous pas pris la limousine, Monsieur X?

Sans lui répondre, le colonel gara sa Peugeot dans le stationnement de l'hôpital Reine-Magali. La fillette comprit alors qu'il allait se passer des choses graves.

Au guichet, le militaire fit appeler un médecin. Celui-ci les invita à monter au quatrième étage. Avant de pénétrer dans un long corridor qui s'ouvrait sur de nombreuses chambres individuelles, le colonel prit Éolia par le bras.

— Vous voyez ces gens assis là-bas?

Elle aperçut un couple accompagné d'une fillette d'environ six ans.

— C'est Babette, répondit-elle en reconnaissant la sœur de Fabrice.

— Oui, avec ses parents.

Le colonel adressa un signe de tête au médecin traitant qui discutait avec une infirmière.

L'homme, petit et rondelet, marcha à leur rencontre. Comme il ressemblait à Monsieur Monocle, Éolia le trouva d'emblée sympathique, même si elle craignait un peu d'entendre ce qu'il avait à lui dire.

Le colonel aussi semblait nerveux. La preuve : il évitait de la regarder dans les yeux, et sa moustache était à présent à moitié décollée. *Comment est-ce possible, puisque c'est une vraie moustache ?*

Le médecin les fit entrer dans une chambre obscure qui sentait l'éther et les médicaments. Sur un petit lit en fer reposait une silhouette entourée de tubes, de goutte-à-goutte, de câbles électriques ainsi que d'une batterie de machines.

— Fabrice ? murmura Éolia.

Comme personne ne répondait, elle observa plus attentivement les machines et tendit l'oreille...

— Mais… on n'entend rien! Est-ce normal qu'on n'entende rien?

Monsieur X et le médecin échangèrent un regard un peu triste. Puis le colonel s'approcha d'elle.

— Je suis désolé, Altesse. Il n'y a plus rien à faire.

Comme le militaire se tenait raide, l'air un peu confus devant la fillette, le médecin s'éclaircit la voix et vint à son secours.

— Il était mourant quand on nous l'a amené, déclara-t-il. Il est décédé cette nuit.

Cette voix, celle d'un étranger, raisonna bizarrement dans la pièce. *Pourquoi les mauvaises nouvelles font-elles plus mal quand un inconnu nous les dit?*

Elle regarda Monsieur X et fit un bond en arrière, car cet homme qu'elle admirait et en qui elle avait confiance n'avait soudain plus de moustache! Pire encore, il tenait sa moustache dans sa main droite et il souriait. Prise d'une peur soudaine, elle se mit à trembler.

— Vous mentez! s'écria-t-elle en le dévisageant.

À ses côtés, le médecin souriait également. Son rictus gras aurait pu sembler ridicule si la situation n'avait pas été aussi étrange. N'y tenant plus, la princesse sortit de la chambre en courant, non sans lancer un retentissant : « Je ne vous crois pas ! »

Un couloir d'hôpital est rarement un endroit gai. Éolia remarqua qu'il manquait des ampoules au plafond et qu'il faisait plus froid qu'à son arrivée. Encore sous le choc de ce que l'on venait de lui révéler, elle marcha comme une somnambule, incapable de croire que Fabrice, qu'elle avait vu en rêve, plein de vie, était… mort.

Elle repensa à ses rêves précédents, à sa discussion avec l'Ambassadeur de lumière, à son sombre pressentiment lorsqu'elle n'avait pas pu entendre ce que lui révélait le clown.

Il est mort, se dit-elle encore, en proie à un intense mal de tête. Elle s'arrêta devant une fenêtre aux carreaux si sales qu'on ne voyait absolument pas la ville au dehors.

— Princesse ?

Un fol espoir au cœur, elle se retourna. Le colonel devait s'être aperçu que Fabrice n'était pas vraiment mort, et il venait le lui dire. Saisie de stupeur, elle resta bouche bée.

Un jeune adolescent était debout devant elle. Dans ses mains, il tenait des fruits. Éolia crut distinguer deux pommes, une banane et deux abricots.

— Je n'y arrive pas, Éolia, lui dit-il.

— Fabrice? s'étonna la fillette. Mais…

Les mots restaient prisonniers dans sa gorge. Comment Fabrice pouvait-il se trouver à la fois mort dans son lit et là, juste devant elle?

— Peux-tu m'aider? demanda-t-il en lui tendant les fruits et en souriant, comme si la situation était parfaitement normale.

Elle prit les fruits que lui offrait Fabrice, en tremblant si fort qu'elle fit tomber une des pommes sur le plancher. À sa grande surprise, le fruit rebondit comme une balle de caoutchouc, puis il se mit à rouler dans le corridor sombre et désert.

— Il faut que j'apprenne à jongler si je veux sortir d'ici, déclara soudain Fabrice. Ne veux-tu pas m'aider? L'Ambassadeur, lui, pense qu'il faut que tu m'aides!

La tête d'Éolia tournait tant qu'elle crut entendre la voix de Madame Étiquette qui l'appelait, mais de très, très loin, comme si elle se trouvait au bout d'un long tunnel. Presque sans s'en rendre compte, elle ramassa la pomme perdue, puis elle essaya de jongler. *Je suis stupide, je n'ai jamais su comment faire. Je vais me rendre ridicule!*

Mais plus elle jonglait, plus elle aimait ça.

— Wow! Tu es adroite, toi! s'exclama le garçon qui n'était sans doute, lui aussi, qu'une doublure, car le vrai Fabrice était allongé raide mort dans son lit d'hôpital.

Éolia lui rendit ses fruits et, s'inspirant de sa technique, Fabrice se mit à jongler, lui aussi, comme s'il avait fait cela toute sa vie. La fillette vit son visage s'épanouir. Ses joues pâles prirent une belle couleur rosée. Ses yeux se mirent à pétiller. Enfin, laissant tomber ses fruits, il s'approcha de la jeune princesse et lui serra les mains.

— J'ai réussi! Tu as vu ça? Je suis délivré!

Ne comprenant rien à rien, Éolia sentit la chaleur des mains de Fabrice sur les siennes. Puis elle crut que Madame

Étiquette l'appelait de nouveau, sur un ton légèrement hystérique. *C'est tout à fait elle !* Elle entendit un froissement de tissu qu'elle reconnut instantanément, car elle l'entendait chaque matin à la même heure, quand...

— Votre Altesse ? Il est temps de vous réveiller ! gronda sa gouvernante en laissant entrer à flot dans sa chambre la lumière du soleil matinal.

Éolia cligna des yeux et se redressa sur ses oreillers, la bouche grande ouverte d'étonnement, la chaleur de la main de Fabrice encore sur son poignet.

En se penchant au-dessus d'elle, Madame Étiquette remit de l'ordre dans ses couvertures.

— Vous vous sentez bien, Altesse ?

— Il est huit heures, constata Éolia en jetant un regard sur son réveil en forme d'ourson.

— Bien sûr, et alors ?

— Rien. Rien, répéta la fillette en souriant, heureuse et soulagée que ce dernier épisode, à l'hôpital, ait également été un rêve.

Ça explique pourquoi la moustache du colonel se décollait sans arrêt.

Et parlant du colonel, justement, Éolia entendit sa voix un peu rauque qui, s'élevant derrière sa porte de chambre, demandait à la gouvernante de voir la princesse seul à seule.

— Comment ? Mais il est strictement défendu par le protocole de...

Le chef de la garde royale ne fit pas de manières : il mit carrément la gouvernante à la porte. Elle menaça de s'en plaindre à la reine, mais rien n'y fit ;

un des hommes du colonel lui barra le passage.

Resté seul avec Éolia, le colonel lui fit un bref sourire, puis il baissa la tête. Le cœur de la princesse se serra.

Mon rêve était un rêve prémonitoire. Il a vu le médecin à l'hôpital, il a vu Fabrice, il va me dire que...

— Racontez-moi vos derniers rêves, Altesse, lui demanda-t-il, contre toute attente. Depuis celui de mercredi jusqu'au plus récent. En détail, s'il vous plaît !

Stupéfaite, Éolia acquiesça. Lorsqu'elle eut terminé, Monsieur X se permit un large sourire, sans doute causé par l'épisode où sa moustache se détachait comme si elle n'avait été qu'un postiche. Comme l'attente devenait insupportable, et qu'Éolia, perdant patience, remuait contre ses oreillers, il lui fit son propre récit des événements.

— Si je m'en réfère à vos rêves, Altesse, Fabrice s'est échappé de la cellule où il était enfermé en compagnie des autres enfants, dans la nuit de mercredi à jeudi, vers les trois heures. Il s'est glissé dans le tunnel souterrain en utilisant le passage à moitié bouché. Les trafiquants s'en sont aperçus, ils l'ont pris en chasse et, ne pouvant pas le rattraper, ils ont fait feu à plusieurs reprises en utilisant des revolvers équipés de silencieux. Ils ont sans doute tiré au hasard, simplement pour lui faire peur. Mais Fabrice a été atteint d'une balle aux reins.

C'est grave ou pas, les reins? se demanda Éolia en ne pouvant chasser de sa mémoire l'image de Fabrice, mort dans son lit d'hôpital. Elle essayait de respirer calmement, mais elle entendait son cœur battre dans tout son corps.

Le colonel reprit:

— Comme il le croyait mort, je présume que Lortega aura chargé un de ses hommes de se débarrasser du corps. Cependant, étant donné que Fabrice vivait encore, l'homme, dans un excès de générosité, serait allé le déposer aux urgences de l'hôpital Reine-Magali.

Nous y voilà...

— L'infirmière de garde n'a pas eu le temps de relever la marque ni la couleur du véhicule, et encore moins le numéro de la plaque d'immatriculation. Bien entendu, poursuivit le colonel, les suspects étant en ce moment interrogés par la police, nous demanderons à la jeune infirmière si elle peut identifier l'homme qui a amené Fabrice.

Est-ce qu'il est vivant ? voulut demander la fillette. Mais les mots s'étranglaient dans sa gorge.

— Fabrice était plongé dans un profond coma à son arrivée à l'hôpital, continua Monsieur X. J'ai appris pourquoi il ne figurait pas sur la liste des enfants enlevés. En fait, jusqu'à lundi, il se trouvait encore chez son oncle, dans le village d'Acrynée. J'ai pu repérer son parcours. Quand il a appris que sa sœur avait été enlevée, il s'est senti très inquiet pour elle. Il a décidé de rentrer à Massora en autobus sans avertir personne.

— Même pas ses parents ? questionna la princesse en se rendant compte qu'elle serrait très fort ses draps dans ses mains, et que ses jointures en étaient toutes blanches.

— Non. Fabrice a agi seul. Je suppose qu'il connaissait ces terrains vagues où sa sœur et lui ont l'habitude de jouer quand ils sont chez leur mère. En fouillant dans les alentours, comme les autres enfants il a dû découvrir le tunnel, puis la base souterraine des trafiquants.

— Mais, Fabrice, enfin...

Tout entier plongé dans son récit policier – et prenant un réel plaisir à raconter –, le colonel sembla alors se rendre compte à quel point la princesse était inquiète. À la voir si petite dans son grand lit à baldaquin datant du XVIIIᵉ siècle, il se traita de maladroit puis, caressant longuement sa belle moustache, il déclara dans un souffle :

— Il va très bien, Altesse, rassurez-vous ! En fait, cette nuit les médecins ont craint le pire. Mais très tôt ce matin, comme par miracle, il est sorti de son coma.

Le visage anxieux d'Éolia s'éclaira soudain. Une bouffée de chaleur envahit la petite princesse.

Ainsi, mon rêve n'était pas un rêve prémonitoire ! Que dis-je ? Au contraire, c'en était un ! Fabrice m'a bien dit, après avoir réussi à jongler, qu'il était libéré !

N'ayant rien d'autre à ajouter, le colonel savait qu'il devait à présent quitter la chambre de la princesse. Ce n'était pas conforme au protocole de rester plus longtemps. Mais il ne pouvait simplement pas cesser de la regarder sourire.

À cet instant, un gros rayon de soleil baigna de lumière le visage d'Éolia. La princesse sentit que, de son lit d'hôpital, Fabrice pensait à elle. Elle s'imagina aussitôt que l'Ambassadeur déguisé en clown se tenait, invisible, dans sa chambre, et qu'il était fier d'elle.

Envahie d'une joie profonde, elle se fit une promesse :

La prochaine fois que je rencontrerai l'Ambassadeur dans un de mes rêves, je jure de lui dire que j'accepte de devenir sa petite princesse de lumière...

13

Le mot d'Éolia

Vous qui avez vécu cette aventure avec moi, je sais que bien des questions doivent vous trotter dans la tête en ce moment. Madame Étiquette a-t-elle piqué une crise de nerfs quand elle a appris ce que j'avais fait avec son

rapport? Ai-je revu mon clown
d'Ambassadeur? M'a-t-il demandé
d'autres services?

Mais vous devez surtout vous
demander comment va Fabrice. Eh bien,
je vous rassure tout de suite. Il a quitté
l'hôpital, même si les médecins ne savent
pas du tout comment il a pu sortir du
coma. Pour ce qui est des trafiquants,
ils ont été condamnés, et c'est bien fait
pour eux. Tous les journaux en ont
parlé.

Vous vous demandez peut-être si
Fabrice et moi nous sommes revus dans
la réalité. Et, aussi, s'il se souvient de
notre étrange aventure dans le tunnel...

À l'heure où j'écris ces lignes, non,
nous ne nous sommes pas encore revus.

Pour tout vous dire, j'hésite.
Devrais-je vraiment le rencontrer ?
Parfois, comme dit Monsieur
Monocle, mieux vaut ne pas se revoir.
Ainsi, on garde un beau souvenir de
l'autre sans risquer d'être déçu.

Et vous, qu'en pensez-vous ?

Affectueusement,

Lia de Nénucie

Le monde d'Éolia

Album de famille

Le prince Frédérik

C'est mon petit frère. Il a sept ans et il m'adore. Il est plutôt timide et sérieux. Quand il sera grand, ce sera lui, le roi. En attendant, il faut que je m'occupe de son éducation, sinon on risque d'avoir de sérieux problèmes!

La princesse Sophie

Maman est née en Hongrie. Toute petite, elle a été obligée de fuir son pays, et sa famille a été recueillie par grand-mère, ici, en Nénucie. C'est là qu'elle a rencontré le jeune prince héritier Henri, mon père. Belle et intelligente, constamment victime des paparazzis, maman ne rêve que d'une chose: devenir reine. Elle prend tellement de temps à s'y préparer qu'elle nous oublie, Frédérik et moi!

Le prince Henri

Héritier du trône, papa est très amoureux de maman. Son seul problème, c'est qu'il ne la comprend pas souvent. Alors pour se consoler, il fait pousser des roses. Mais il a un autre problème : il plaît beaucoup aux femmes. Ce n'est pas sa faute s'il est beau, charmant, et prince. Tant pis s'il bégaie, et que sa grande ambition est de devenir jardinier plutôt que roi !

Le roi
Fernand-Frédérik VI

C'est mon grand-père. Il est au service du peuple. C'est un des seuls rois, en Europe, à avoir encore un trône solide sous ses fesses. La Nénucie est dirigée par un premier ministre, mais grand-père a son mot à dire sur ce qui se passe au pays. Très drôle avec ses uniformes de général et sa barbe bien taillée qui pique, il nous adore, Frédérik et moi.

**La reine
Mireille de Vosigny**

Grand-mère, c'est une reine très moderne. Elle fait du judo, du parachutisme et de la moto. Pleine d'énergie et de bonnes idées, elle surprend tout le monde en disant les choses comme elle les pense. On parle d'elle tous les jours dans les journaux, mais ça ne l'empêche pas de faire ses courses elle-même et de nous cuisiner des gaufres au miel et des galettes de sésame.

Monsieur X

De son vrai nom, Xavier Morano, c'est le chef des SSR, les services secrets du roi. Il est aussi le colonel de la garde du palais royal. Il est très attaché à ma famille, et surtout à moi. C'est lui qui m'a appris à me moquer des règlements idiots. Quand j'ai des rêves étranges, je lui en parle. Je sais qu'il m'écoute sans me prendre pour une fille gâtée et capricieuse.

Madame Étiquette

C'est un véritable cauchemar ambulant. Elle croit que Dieu a créé l'étiquette et les règlements idiots, et elle agit comme si elle était Dieu. Toujours vêtue d'une robe sévère à collerette blanche qui doit l'irriter atrocement, elle n'obéit qu'à maman. Elle me soupçonne de tout ce qui arrive de bizarre dans le palais. Souvent, elle a raison. Mais elle ne pourra jamais le prouver !

Monsieur Monocle

Il s'appelle en vérité Gontrand Berorian. Il est fils, petit-fils et arrière-petit-fils de domestiques. D'ailleurs, il est né au palais. C'est lui qui m'a appris comment me diriger dans les passages secrets alors que j'étais encore toute petite. Il m'apporte ma tisane, le soir, et il est toujours là pour m'aider à jouer un tour à Madame Étiquette.

179

Mélanie Duquesnoy

Mélanie a dix ans, comme moi. C'est ma grande amie secrètc. Elle est la fille de la maquilleuse de la famille et vit dans les combles du palais. Les circonstances de notre rencontre sont notre secret. Avec une perruque blonde, des faux cils et un peu de maquillage, Mélanie me ressemble comme une sœur jumelle. Je lui demande parfois d'échanger de rôle avec moi. Ça m'aide beaucoup à mener mes enquêtes!

C'est un ange déguisé en clown. Enfin, c'est ce que je pense. C'est lui qui me contacte, pendant mes rêves, et me demande de l'aider. Ce qui m'entraîne dans des aventures parfois

L'Ambassadeur de lumière

très compliquées. L'Ambassadeur dit être le protecteur de notre pays. Une sorte de gardien qui veille à ce que tout se passe bien. Et, il faut le croire quand il le dit, il a beaucoup de travail!

180

Royaume de Nénucie

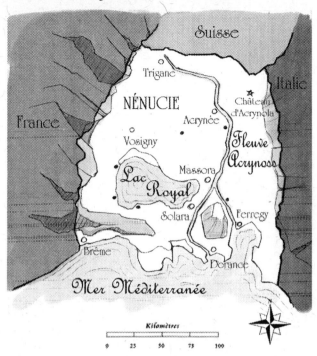

Quelques chiffres

Nom officiel : Royaume de Nénucie
Capitale : Massora
Monnaie : L'euro
Langue officielle : Le français
Chef de l'État : Le roi Fernand-Frédérik VI
    (depuis 1959)
Population (en 2006) : 5 355 000 habitants

Table des matières

Fredrick D'Anterny

C'est l'auteur que j'ai choisi pour qu'il écrive mes aventures. Il est né à Nice, en 1967. Il n'est donc ni trop vieux ni trop jeune. Et Nice, ce n'est pas loin de la Nénucie. Il me fallait quelqu'un de sensible, de drôle mais aussi de sérieux, qui saurait exactement raconter ce qui s'est passé et le dire de façon que ce soit passionnant à lire. Il habite Montréal, au Canada, où il a longtemps travaillé dans le monde du livre. Il écrit beaucoup, entre autres une autre série pour les jeunes (je suis jalouse!) qui s'appelle «Storine, l'orpheline des étoiles». Mais au rythme où je vis mes aventures, je crois qu'il va devoir beaucoup s'occuper de moi! Pour en apprendre davantage sur Éolia, écris à l'auteur:

fredrick.danterny@sympatico.ca

Aussi parus dans la série

Éolia princesse de lumière

collection Papillon :

2. *La forêt invisible*, n° 123
Des arbres qui parlent, l'âme d'une
poupée magique retenue en otage,
un ministre impliqué dans
une sale affaire…

3. *Le prince de la musique*, n° 124
Éolia n'a que cinq jours pour sauver
la vie du jeune chanteur
le plus populaire de la planète…

4. *Panique au Salon du livre*, n° 127
Six jours pour empêcher
un dangereux criminel de semer
la panique au Salon du livre
de Montréal.

5. *Les voleurs d'eau*, n° 133
Une course contre la montre
pour empêcher l'eau de Nénucie
de tomber entre les mains
de compagnies malhonnêtes.

Derniers titres parus dans la
Collection Papillon

Illustration : Gabrielle Grimard

Ce livre a été imprimé
sur du papier enviro 100 % recyclé.

Nombre d'arbres sauvés : 2

Ensemble, tournons la page sur le gaspillage.